Jenny Kella

Zerbrich mich nicht

Jenny Kella

Zerbrich mich nicht

1. Auflage 2012

Kontakt: jennykella@gmx.de

In neuer deutscher Rechtschreibung
Korrektorat: Sabine Eckert, Augsburg, www.korrektertext.de

Layout und Satz: Jenny Kella
Titelfoto und Umschlaggestaltung: Jenny Kella
Illustration Buchrückseite: © *drilling in the dark* / fotolia.com
Herstellung und Verlag: Books on Demand GmbH, Norderstedt
Die Deutsche Nationalbibliothek verzeichnet diese Publikation in der Deutschen Nationalbibliografie; detaillierte bibliografische Daten sind im Internet über dnb.d-nb.de abrufbar.
ISBN: 9783844813692

Inhaltsverzeichnis

Jenny Kella wurde 1985 in Augsburg geboren. Sie schreibt ihren autobiografischen Roman *Zerbrich mich nicht* unter Pseudonym, denn er erzählt die Geschichte ihres Lebens. Jenny möchte anonym bleiben. Die Namen aller Beteiligten wurden geändert. Auch wenn es in ihrem Buch chronologische Verschiebungen gibt, ist es eine wahre Geschichte.

Nacktheit ist der schwerste Stoff,
den ich tragen kann.

Schlucken oder Spucken?

Oh mein Gott, wenn mich jetzt irgendjemand sehen könnte, würde er auch meinen, dass ich total bescheuert bin. Wenn ich mich so anschaue, muss ich ja selber schon fast lachen. Ehrlich gesagt, ist es echt ein bisschen eklig, was ich gleich machen werde. Ein leichter Schauer durchfährt meinen Körper, läuft meinen Rücken hinunter. Er stellt die kleinen blonden Haare auf meinen Armen auf und es kribbelt vor Aufregung in meinem Bauch. Wenn man mit dem Auto zu schnell über einen Hügel fährt, ist es das gleiche Gefühl. Ein kurzer Moment der Schwerelosigkeit im freien Fall. Schnell schüttle ich es ab, schüttle alle mulmigen Gefühle davon. Ich sitze hier in meinem Zimmer auf dem Boden vor meinem kleinen Schränkchen. Ich habe es schon sehr lange, schon als wir noch alle zusammen in Haunstetten in unserem alten Haus gewohnt haben hatte ich es. Früher, als ich noch klein war, habe ich meine Spiele darin verstaut. Und Bücher darin gestapelt, die mein Dad uns dann am Abend vorgelesen hat. Mir und meinem Bruder Dominik. Jetzt brauche ich den Platz dafür nicht mehr und mein Schränkchen hat eine neue Aufgabe bekommen. Es ist immer noch meine kleine Schatzkammer, aber heute sind alle meine Vorräte darin verstaut. Viele Vorräte. Wie ein Hamster, der auf den Winter wartet, habe ich alles vorbereitet für die schlechten Zeiten. Wann sie kommen, weiß ich nicht, aber dass sie kommen, weiß ich bestimmt.

Schön aufgereiht liegen sie da, meine Schätze, und es ist von allem etwas dabei. Angefangen von den kleinen Mini-Snickers, Twix und Mars über Joghuretten und

Kinderriegel. Merci, Milkyway, After Eight, M&Ms, Giotto und Ferrero Küsschen. Käsebällchen, Cracker und Chips. Nur Gummibärchen und alles was, aus Gelatine hergestellt ist, wird man nie bei mir finden. Ich weigere mich, ausgekochte Schweineknochen zu essen.

Als ich 10 Jahre alt war, habe ich eine Sendung im Fernsehen angeschaut, die mich fürs Leben geprägt hat. Es war ein Beitrag der PETA und es wurde gezeigt, wie Tiere gequält und geschlachtet wurden. Bei uns in Deutschland. Wo wir doch so viele tolle Gesetze haben. Seitdem bringe ich es einfach nicht mehr übers Herz Tiere zu essen. Seit drei Jahren bin ich jetzt schon überzeugter Vegetarier und esse nichts, was Augen und Eltern hat.

Die großen und die kleinen Tiere – alle haben bei mir ihre Existenzberechtigung. Ich könnte niemals ein Tier töten. Ich kann wortwörtlich nicht mal einer Fliege was zuleide tun. Und das kann im Sommer auch mal ganz schön nervig werden, wenn es die Moskitos auf mich abgesehen haben.

Auf jeden Fall bringt meine Mum uns immer viel Knabberzeug mit nach Hause. Vielleicht hat sie ein schlechtes Gewissen. Ganz bestimmt sogar. Sie ist daran schuld, dass wir in eine neue Stadt gezogen sind und ich hier noch mal ganz von vorne anfangen muss. Ich meine, klar – viele Eltern lassen sich scheiden und *ich soll mich doch nicht so anstellen*, aber trotzdem ist es schon irgendwie schwer für mich. Na ja, sie bringt auf jeden Fall immer reichlich Süßigkeiten mit, die dann erst mal in meinem kleinen Schränkchen landen. Und da werden sie dann später geplündert. Ich weiß, dass ich in nächster Zeit noch öfter mal plündern werde, irgendwie macht es mich glücklich. Auch wenn ich mich mit dem ganzen Zeug vollstopfe, das nicht gerade *light* ist. Ich meine, die kleinen Kalorien, die nachts meine Klamotten enger nähen, sind nicht unbedingt meine besten Freunde. Und ein paar neue Freunde könnte ich schon ganz gut gebrauchen. In Haunstetten war ich ein ganz normales Mädchen. Ich war nie außergewöhnlich hübsch oder überdurchschnittlich schlau oder besonders humorvoll. Einfach nur ein ganz normales Mädchen. Aber ich hatte liebe Freundinnen und die sind jetzt nicht mehr da. Sie sind ein paar Kilometer zu weit entfernt von mir. Ja, ich weiß, man kann so eine Distanz schon überbrücken, aber sind wir doch mal ehrlich: Mit unserem Umzug sind meine alten Freundschaften doch zum Scheitern verurteilt.

Ich muss mir neue Freunde suchen und eigentlich sollte ich dafür ja auch hübsch sein. Und schlank. Hübsche Menschen haben es im Leben leichter. Sagt meine Mum auch immer. Hübsch und freundlich sein, das ist wichtig. Keine Widerworte. Besonders nicht zu Hause. Und auch sonst nicht, bei einer Vorzeigetochter.

Nächste Woche werde ich 14 Jahre alt. Trotzdem bin ich leider nicht besonders groß. Nur 1,58 Meter. Eigentlich ein zierlicher Typ, aber das hat auch seine Tücken. Einmal einen schwachen Moment gehabt und man sieht ihn bei mir gleich ganz schnell – den Speck. Vor allem am Bauch. Da muss ich schon aufpassen. Auf jeden Fall habe ich dafür jetzt eine Lösung gefunden.

Ich sitze in meinem Zimmer auf dem Boden vor meinem Schränkchen und die Zimmertüre habe ich vorsichtshalber einmal abgesperrt. Sicher ist sicher. Es muss ja nicht gleich jeder mitbekommen – meine neue Wunderwaffe für eine hübsche Jenny.

Es ist doch auch so einfach. Essen besteht aus vier Teilen:

Kauen,

Schlucken,

Verdauen und –

na ja, das, was halt noch fehlt …

Aber so richtig Spaß macht doch eigentlich nur der erste Teil. Wieso sollte man den Vorgang nicht einfach nach dem angenehmen Teil abbrechen und den Rest einfach weglassen? Ich finde, das ist die perfekte Idee. Warum bin ich da nicht früher schon draufgekommen?

Ich habe mir also einen Gefrierbeutel geschnappt und mein erstes kleines Testobjekt: eines von den Mini-Snickers. Ich liebe die Mini-Snickers. Ich beiße ein Stück ab und es ist gut. Sehr gut. Die Schokolade schmilzt langsam und süß auf meiner Zunge und ich kann richtig spüren, wie die Glücksgefühle in mir einen kleinen Freudentanz veranstalten. Hüpfen und springen. Ich zerkaue es, genieße es. Richtig lange sogar. Irgendwie ist es aufregend, wenn ich daran denke was ich gleich mache. Das Kribbeln in meinem Bauch ist wieder da. Kurz vor der Schwerelosigkeit. Es geht los:

Also raus damit! Raus aus mir!

Es ist fast nur noch ein flüssiger Brei, als ich es wieder ausspucke. Fast keine Stückchen. Sieht irgendwie bekannt aus. Irgendwie wie Teil 4, nur flüssiger. Einfach gekaut und gleich wieder ausgespuckt. Nicht erst herunter geschluckt.

Ich bin ganz begeistert von meiner eigenen Idee. Ich kann so viel essen, wie ich will, und es macht nichts aus.

Mein Gefrierbeutel ist jetzt schon halb voll. Das ging aber schnell. Es schwabbelt, wenn man den Inhalt hin und her rollen lässt. Es zieht ein bisschen Schlieren. Ist immer noch warm.

Oh Mann, was mach' ich jetzt mit dem Zeug? Ich kann es ja schlecht in den Müll werfen. Wenn das jemand findet. Ich glaube, ich schütte es am besten ins Klo, da gehört es ja eigentlich auch hin. Den Beutel muss ich noch auswaschen, bevor ich ihn wegschmeiße. Ich will keine schlafenden Hunde wecken.

Gute Idee.

Tolle Taktik.

Ausbaufähig.

Teppichgeschichten

Eine gute Weile ist jetzt vergangen, schon mehr als ein Jahr. Und der Anfang war schwer. Sehr sogar. Wenn man einen Regenbogen-Guppy ins Meer schmeißt, wird er sich auch nicht leicht tun zu überleben. Sein osmotisches System gerät durcheinander und das Salz versucht, seinen Körper zu erdrücken. Zu zerquetschen wie eine leere Cola-Dose.

Die erste Zeit nach unserem Umzug habe ich mich auch gefühlt wie der kleine Süßwasserfisch, der aus seinem gemütlichen Aquarium geangelt und achtlos ins große weite Meer geworfen wird. Beängstigend und voller Gefahren ist es. Unheimlich und fremd. Keiner seiner alten Guppyfreunde ist mehr da und er ist auf sich allein gestellt. Er ist anders, und das merken die Salzwasserfische sehr schnell. Er ist neu. Es bleibt ihm nichts anderes übrig, als sich in den schützenden Schatten eines kleinen Riffs zurückzuziehen und zu warten, bis er sich akklimatisiert hat. Bis er nicht mehr auffällt. Nicht mehr so fremd ist.

Keine leichte Zeit. Der kleine Guppy wird es nie schaffen, sich an das Salzwasser zu gewöhnen.

Aber ich habe es geschafft, mich nach Monaten nicht mehr ganz so verloren zu fühlen.

Heute Abend habe ich sturmfrei. Ich liebe es, die Wohnung für mich zu haben. Keiner der mich nervt. Ina kommt zu mir, meine neue beste Freundin. Sie zeigt mir, wie die Fische hier schwimmen, und ich bin so glücklich, dass ich sie gefunden habe. Durch Zufall haben wir uns kennengelernt und sie versteht mich. Mit ihr fühle ich mich ein bisschen weniger allein.

Zu Hause im Wohnzimmer in der Schrankwand haben wir eine kleine Bar. Viele Schnapsflaschen. Wirklich viel Schnaps. Vor zwei Wochen war meine Mum übers Wochenende weg und ich hatte Lust, mich einfach quer durch die ganze Bar zu testen. Ich habe mir alle Flaschen vorgenommen, eine nach der anderen. Schön aufgereiht standen sie da. Große und kleine Flaschen. Einfache und ausgefallene. Eine aus türkisblau gefärbtem Glas und eine hübsch mit Silberdraht eingeschnürt. Die beiden wollen mir weismachen, dass sie etwas Besseres sind als ihre ordinären Nachbarn. Aber auch ihr hübsches Aussehen ist nicht trügerisch genug, um über ihren scheußlichen Geschmack hinwegzutäuschen. Mit Cola gemischt lassen sich alle mehr oder weniger gut trinken. Aber pur kann man sie einfach am besten beurteilen. Und ich will wissen, wie sie nackig schmecken. Die Feuerwasser. Die klaren Durchsichtigen machen ihrem Namen alle Ehre und brennen scharf auf meiner Zunge. Andere bringen mich zum Würgen, dass ich Wasser nachtrinken muss, damit sie nicht wieder hoch kommen. Ich kann mir schon denken, warum sich der ganze Alkohol hier so lange hält. Der schmeckt einfach so scheußlich, dass ihn keiner freiwillig trinken will. Vermutlich Mitbringsel von Gästen, denen nichts Besseres eingefallen ist.

Ein großer Schluck.

Und noch ein Schluck.

Und noch ein Schlückchen.

Auf jeden Fall war mir am Ende total schlecht. Ich konnte nicht mal mehr richtig aufstehen. Ich konnte eigentlich gar nicht aufstehen, so sehr hat es mich gedreht. Und einen Lachflash hatte ich noch dazu. Hat das Ganze natürlich nicht gerade vereinfacht.

Dominik hatte irgendwann Mitleid mit mir. Er ist ein Jahr älter als ich und hat schon den einen oder anderen Rausch hinter sich. Er wusste also, was gerade in mir vorging. Er hat mich auf eine Decke gesetzt, hinter sich hergezogen und mich in mein Zimmer geschleift. Wäre ich ein bisschen leichter gewesen, hätte er mich vielleicht tragen können und hätte es nicht so schwer gehabt.

Heute gibt es aber Wodka mit Fanta Wild Berries auf Eis. Da schmeckt man den Alkohol wenigstens nicht so sehr raus. Es macht uns Spaß, betrunken zu sein. Zurzeit könnte man fast sagen, das ist unsere Lieblingsbeschäftigung fürs Wochenende. Wir lassen keine Gelegenheit aus. Meine Mum ist recht locker und hat nichts dagegen, wenn wir uns im Wohnzimmer breit machen, wenn sie nicht da ist. Sie weiß natürlich nicht, dass Ina und ich gerade dabei sind, ein bisschen zu experimentieren. Nichts Schlimmes. Wären wir Stadtkinder, würden wir vermutlich schon längst kleine Tüten drehen. Zwei Blätter längs und eines quer. Erst rösten und dann ein bisschen stopfen. Aber wir sind hier ja schon fast auf dem Land. Und auf dem Land ticken die Uhren langsamer. Unsere neueste Entdeckung sind Coffeintabletten. Man könnte sie einfach schlucken. Aber es macht viel mehr Spaß, sie mit einer Messerspitze klein zu bröseln. Sehr fein natürlich, es dürfen keine Stückchen mehr drin sein und dann nimmt man ein Häufchen, streut es auf die Hand in die Mulde zwischen Daumen und Zeigefinger. Mit der anderen Hand hält man ein Nasenloch zu und dann zieht man es sich rein, das Pulver. Wie Schnupftabak. Ganz schnell und es geht sofort in den Kopf. Wenn man ein bisschen betrunken ist, haut es umso mehr rein.

Meine Augen tränen und ich muss niesen.

Ich zwinkere schnell ein paar Mal hintereinander, um die Tränen zu vertreiben, und da fällt es mir auf: Ina hat ja total aufgescheuerte Knie. Ganz blau. Das sieht ja richtig übel aus. Was hat sie denn da nur gemacht? Sie will mir nicht so richtig sagen, was passiert ist. Ich glaube, es ist ihr peinlich. Aber ich stochere weiter. Wenn ich etwas wissen will, kann ich hartnäckig sein. Ich nerve sie so lange, bis sie endlich mit der Sprache rausrückt. Und als sie mir alles erzählt, muss ich so sehr lachen, dass mir die halbe Fanta Wild Berries, an der ich gerade genippt habe, wieder aus der Nase kommt.

Wir haben beide seit ein paar Wochen einen Freund, aber Ina und Rico sind schon ein gutes Stück weiter als Nando und ich. Auf jeden Fall hatten die beiden auch schon Sex. Und seitdem treiben es die Zwei immer öfter. Ab und zu sogar zwei Mal am Tag. Ina ist es manchmal schon fast zu viel, aber Rico besteht darauf.

Was tut man nicht alles für die Liebe? Und gestern haben sie wohl in Ricos Wohnzimmer eine neue Stellung ausprobiert. Er ist schon älter und hat eine eigene Wohnung. Der Teppich hätte aber wirklich weicher sein können. Dann hätte Ina jetzt nicht ihre aufgeschürften Knie. Und die blauen Flecken. Vom Hinknien. Ich könnte mich kaputt lachen.

Sex ist gefährlich.

Das werde ich später auch noch lernen müssen.

Sie sagt, sie sei jetzt »beschädigte Ware. Unvermittelbar.«

Meint sie die Knie oder ihre verlorene Unschuld?

Ich habe das Ganze ja noch vor mir. Mein erstes Mal soll auf alle Fälle richtig schön werden. Etwas Besonderes. Vielleicht zusammen essen gehen. Kerzenschein. Romantische Musik. So, wie es sich halt jedes Mädchen wünschen würde. Irgendwie habe ich Angst. Mal sehen, ich lass mir noch ein bisschen Zeit. Auch wenn ich weiß, dass Nando der Richtige ist. Er ist so süß. Ich bin total hin und weg. Ich würde alles für ihn tun.

Aber jetzt würde ich erst mal am liebsten kotzen. Ich lasse mir das mit der Fanta Wild Berries besser noch mal durch den Kopf gehen. Mir ist total schlecht von dem ganzen süßen Zeug. Ich muss schon immer würgen, aber irgendwie kommt nichts. Wie war das noch mit Salzwasser trinken? Irgendjemand hat mir das doch mal erzählt. Oder ich stecke mir den Finger in den Hals? Ich glaube, ich versuche das Zweite.

So ein Mist, es funktioniert einfach nicht. Mir kommen schon die Tränen, aber kotzen kann ich trotzdem nicht. Das einzige was ich ausspucke ist Spucke, und davon reichlich. Verdammt, mich dreht's so. Ich glaub', ich schlafe heute Nacht im Bad. Bis ins Zimmer ist es zu weit. Ich schaffe es einfach nicht mehr ins Bett.

Was pufft mich denn da so?

Oh nein, Litschi! Lass mich doch in Ruhe!

Dieser blöde Hase. Wann lässt ihn mein Bruder denn endlich mal kastrieren? Nächstes Mal lasse ich ihn nicht mehr aus dem Käfig, wenn er keine Gelegenheit auslässt, mein Bein zu rammeln. Dabei habe ich ihm doch schon ein Plüschbunny besorgt, das er poppen kann. Undankbares Tier!

Über rücksichtsvolles Sterben

Heute werde ich meinen Dad besuchen. Ich habe ihn schon länger nicht mehr gesehen und er fehlt mir sehr. Nach der Scheidung ist er in eine kleine Wohnung in Augsburg gezogen. Ich brauche fast eineinhalb Stunden mit dem Bus und muss zwei Mal umsteigen. Aber das ist es mir wert. Er hat jetzt eine richtige Junggesellenbude. Recht klein, durcheinander und von Aufräumen und Saubermachen wird hier eher nicht so viel gehalten. Wenn die Sonne durch das große Fenster im Wohnzimmer scheint, kann ich die Staubflocken umherwirbeln sehen. Die Stimmung ist eigenartig. Erdrückend und modrig. Auch im Bad ist alles eingestaubt. Am liebsten würde ich die ganzen alten Kosmetika und halbleeren Flaschen in eine große Tüte packen und in den Müll werfen. Aber ich nehme nur ein feuchtes Tuch und wische alles ein bisschen ab. Zu mehr kann ich mich gerade nicht durchringen.

Papa hat immer Tiefkühlspinat und Reiberdatschi in der Gefriertruhe, wenn ich komme. In der Küche sieht es aus, als hätte eine Bombe eingeschlagen. Überall liegen kleine Tuben mit Ölfarben und Pinsel verteilt. Farbspritzer an allen Ecken. Es riecht nach Terpentin. Auf dem Küchentisch liegt eine große Spanplatte, auf der ein Stück Leinwand festgetackert ist. Die Skizze kann man schon erkennen. Es wird später mal ein Baum werden, mit einem großen Regenbogen im Hintergrund. In seiner Dramatik erinnert es mich an ein Gemälde von Peter Paul Rubens, das wir erst im Kunstunterricht besprochen haben. In unserem alten Haus hatte mein Dad im Dachgeschoss ein ganzes Atelier für sein

Hobby. Jetzt hat er nicht mehr so viel Platz und deshalb wurde die Küche ein bisschen umfunktioniert. So kann er auch hier malen.

»Für mein kleines Mädchen«, sagt er, als der Teller vor mir auf dem großen alten Esstisch landet. »Lass dir schmecken.« Er selber isst nichts. Zündet sich nur eine Zigarette an. Eine HB. Dann nimmt er einen Schluck von seinem Kaffee. »Schwarz wie meine Seele«, sagt er immer und lächelt dabei.

Eigentlich möchte ich auch nichts essen.

Nicht hier, nicht so.

Ich will, dass es wieder so ist wie früher, als ich wirklich noch sein kleines Mädchen war.

Ich vermisse die alte Zeit.

Er fragt mich, wie es zu Hause läuft, weil er weiß, dass Mama und ich so unsere Probleme haben.

»Nicht so gut.«

Es ist eine Untertreibung. Meine Mum ist total überfordert und erwartet von mir, dass ich einfach nur funktioniere. Solange ich lieb und brav bin, ist immer alles ok. Dann kann ich ihre beste Freundin sein, mit der man über Männer quatschen und jeden Freitag ein Glas Prosecco trinken kann. Solange ich nach außen ein gutes Bild abgebe und tue, was sie mir sagt, ist alles in Ordnung.

Aber wenn nicht, dann ist die Hölle los.

Wir waren erst mit ihrem neuen Freund beim Essen. Was heißt neuer Freund – nur für uns ist er neu. Mama hat ihn schon eine ganze Weile, nur wussten wir nichts von ihm. Sie war ja auch verheiratet, als sie mit ihm ein Verhältnis angefangen hat. Beim Essen wollte sie, dass ich den Salzstreuer von einem anderen Tisch hole, weil wir keinen hatten. Sie erwartet immer, dass ich sofort tue, was sie sagt. Aber sie hat ja nicht mal »bitte« gesagt. Es war mehr ein Befehl. Ich weiß nicht, ob ich es verdient habe, dass man so mit mir spricht. Ich bin doch kein Eigentum, über das man bestimmen kann. Ich wollte nicht und habe einfach einmal *Nein* gesagt. Zum ersten Mal. Ich habe einfach einmal nicht alles mit mir machen lassen und habe ihr widersprochen.

Aber ich hätte nicht damit gerechnet, dass eine Kleinigkeit sich so hochschaukeln kann. Sie hat mich angeschrien und richtig fertig gemacht. Zum Glück waren nicht viele andere Gäste da und es hat kaum jemand mitbekommen. Ich habe mich so sehr geschämt. Warum hatte sie ihren blöden Salzstreuer nicht einfach selber holen können? Sie wollte sich einfach nur durchsetzen. Zeigen, dass sie die Macht hat. Am Ende hat sie mir zu Hause noch eine geknallt, weil ich ja so frech war.

Mein Dad sieht traurig aus. Er versteht mich, aber er liebt meine Mum immer noch.

»Wir haben alle unser Päckchen zu tragen«, sagt er.

Er erzählt mir, wie schwer es auch für ihn gerade ist. Nach der Scheidung haben sich fast alle gemeinsamen Freunde für meine Mum entschieden. Eigentlich alle. Sie hat ein einnehmendes Wesen und ist auch immer gut drauf. Überschwänglich. Sehr kommunikativ und eben eine gute Freundin für Feste. Zum Spaß haben und fröhlich sein.

Silvester war mein Dad ganz allein. Niemand hatte an ihn gedacht. Niemand hatte ihn eingeladen. Es muss so schlimm für ihn gewesen sein. Er tut mir so leid.

Ich war mit meinen neuen Freunden unterwegs.

Wie egoistisch von mir, ihn ganz alleine zu lassen.

Er erzählt mir, dass er sich eine große Kiste aus Holz gebaut hat. Ganz sorgfältig. So groß, dass er gerade hinein passt. Luftdicht sollte sie sein. Er meint, er wollte an die anderen Menschen denken. Die, die ihn am Ende finden. Er erzählt mir, dass er es ganz furchtbar findet, wie Leute sich von Brücken werfen können. Man darf doch niemanden mit hineinziehen. Fremde Menschen schocken. Er wollte niemandem so etwas antun. Ganz rücksichtsvoll wollte er sterben. Und so, dass man danach alles ohne große Probleme wegräumen kann. Mit Gas wollte er sich in der Kiste vergiften.

Ich bin total geschockt. Meine Welt wird niemals wieder so sein, wie sie einmal war. In diesem Moment ist sie erstarrt. Am nächsten Morgen ist er aufgewacht. Es hatte nicht geklappt. Ich nehme ihn in den Arm und bitte ihn, nie wieder so etwas zu tun. Nie, nie wieder. Niemals.

Wie kann er mir so etwas nur erzählen? Weiß er nicht, wie weh er mir damit tut? Mein Herz fühlt sich an, als würde es jemand mit flüssigem Stickstoff auf –196° Celsius gefrieren lassen, um es dann mit einen riesigen Hammer in Tausend kleine Einzelteile zu zerschmettern. Wie tausend kleine spitze Nadeln, die kalt in meine Brust stechen.

Es zerreißt mich.

Schmerz.

Aber ich muss jetzt stark sein.

Ich muss jetzt für ihn da sei.

Er hat doch sonst niemanden mehr.

Nur noch mich.

Mein erstes Mal

Die letzte Woche war einfach nur beschissen. Die Geschichte meines Dads liegt mir im Magen wie ein spitzer unverdauter Stein. Scharfkantig und kalt. Bei jeder Bewegung droht er mir den Bauch aufzuschlitzen und seine Schwere zieht mich nach unten. Es macht mich fertig. Am liebsten würde ich mich in meinem Zimmer verkriechen und nie wieder raus kommen.

In meinen Gedanken höre ich, wie mein Zimmerschlüssel ein letztes Mal klirrend von der Wand des Brunnenschachtes abprallt, bevor er mit einem dumpfen Blub im schmutzigen Wasser versinkt. 3000 Meter unter der Erde wird er nie wieder den Weg ans Licht finden.

Es ist Zeit, ein anderes Tor meiner Festung zu öffnen. Meine Schatzkammer. Viel zu oft wird sie in letzter Zeit von mir geplündert. Sie verspricht mir Trost, doch hält sie nie ihr Wort. Mein schöner alter Plan. Nach so langer Treue befriedigt er mich nicht mehr.

Kauen, spucken,
kauen, spucken,
kauen, spucken.

Immer das Gleiche. Immer öfter erwische ich mich dabei, wie ich die kleinen Bissen einfach runterschlucke. Genauso, wie ich den Schmerz einfach nur runterschlucken will. Aber der Schmerz bleibt mir im Hals stecken und schnürt mir die Luft ab. Ich bin wütend.

Wütend auf mich. Wütend auf meinen Dad, dass er mich allein lassen wollte. Da hilft es auch nicht, mit der Faust so fest gegen die Wand zu schlagen, dass ich meine, ich kann meine Knochen brechen spüren.

Und dann werde ich wieder schwach. Wieso habe ich nur keine Selbstdisziplin? Ich könnte mich dafür hassen. Ich wollte doch aufpassen. Und jetzt sehe ich mehr und mehr Speck an mir. Vegetarier hassen Speck. Auch am Bauch. Kleine dicke Röllchen. Ich nehme sie zwischen die Finger und ziehe sie weg von mir. Aber sie wollen nicht gehen. Soll ich ein Messer nehmen und ihnen den Weg weisen? Sie einfach rausschneiden? Wenn ich ein Hohlkreuz mache und die Arme nach oben ziehe, sehe ich schlank aus. Wenn ich sitze, sieht man die Falten am Bauch. Ich glaube, es sind mehr geworden in den letzten Tagen. Das will ich nicht. Ich will so bleiben, wie ich bin. Oder noch ein bisschen schlanker.

Meine Mum sagt oft, dass ich hübsch bin. Sie sagt es viel zu oft. Auch wenn ich einen schlechten Tag habe. Wenn ich krank aussehe, sagt sie es mit der gleichen Monotonie, wie wenn ich mich hübsch gemacht habe.

Wieso sollte ich ihr glauben?

Es sind bloß leere Phrasen, die Luftlöcher stopfen sollen, wo Geist fehlt. Oder Herz. Oder beides.

Genauso oft beklagt sich die Generation 70 Plus, dass früher alles besser war, und genauso gerne schreiben die Zeitungen, dass die Bürger schockiert auf eine Gewalttat reagierten. Und genauso oft sollen wir uns von dem neuen Produkt verzaubern lassen, dass wir am besten heute noch bestellen. Denn bei Risiken und Nebenwirkungen fragen wir unseren Arzt oder Apotheker. Und wir sind es uns wert.

Wie wäre es wohl, wenn sie einmal zu mir sagt, dass ich liebenswert bin. Oder charmant. Oder etwas Besonderes.

Irgendetwas, das nicht ganz so oberflächlich ist. Irgendetwas, was ich ihr auch glauben kann, wenn ich mir nur ein bisschen Mühe gebe.

Und manchmal, wenn meine Mum sich dann ein bisschen Mühe gibt, dann wandelt sie ihr tolles Kompliment ein wenig ab. Sagt mir, dass ich schöne schlanke Beine habe. Und dann setzt sie nach, dass ich die von ihr geerbt habe und dass Männer total auf solche Beine stehen. Vielleicht habe ich ja auch Humor oder Einfühlungsvermögen oder ich kann gut zuhören. Aber solange Männer auf meine tollen Beine stehen, ist ja alles in Ordnung.

Ich hoffe, Nando sieht mehr in mir als nur meine Knochen, mein Fleisch und meine Muskeln. Mein Fett, meine Haut und meine Haare.

Denn zusammen bin ich mehr als das. Und ich wünsche mir so sehr, dass er das sieht. Dass er mich wirklich wegen mir liebt, wegen meines Inneren. Er ist mir wichtig und ich habe solche Angst ihn zu verlieren. Ich will nicht, dass er geht und mich alleine lässt. Dafür liebe ich ihn viel zu sehr. Bei ihm fühle ich mich geborgen. Der Einzige, der mir gerade Halt gibt. Ich will ihm so nah sein. Ich wünschte, wir könnten zu einer Person verschmelzen. Zu einer Einheit.

Zwei Seelen, ein Gedanke.
Zwei Herzen Schlag.

Friedrich Halm würde sich im Grab umdrehen, wenn er wüsste, dass seine wunderschönen Gedanken mit Edding auf die Tür im Mädchenklo von meiner Schule gekritzelt stehen.

Gestern Abend hatte ich einen kompletten Aussetzer. Ich habe einfach alles in mich reingestopft. Und dann habe ich es runter geschluckt.

Ich habe mir in der Küche sogar noch vier Marmeladenbrote geschmiert. Normalerweise reichen mir ja meine Süßigkeiten. Aber gestern war es anders. Nichts konnte mich befriedigen. Nichts konnte meinen Seelenhunger stillen. Nichts konnte meinen Schmerz lindern. Ich habe alles verputzt, was mir in die Finger gekommen ist.

Ich war in einem Rausch. Es hat mich überkommen. Ein Fressrausch. Ich habe einfach alles runter gestopft. Ich habe nicht mal richtig gekaut. Am Ende war ich nur noch am heulen. Ich sah furchtbar aus. Mein Bauch war von den Unmengen an Essen so aufgebläht, als wäre ich schwanger. Ich war einfach nur hässlich. Und vom Weinen war mein Gesicht aufgedunsen. Es sah gleich noch viel schlimmer aus.

Ich weiß nicht, warum mir die Sicherungen so durchgebrannt sind. Ich wollte nur alles rückgängig machen. Aber dafür war es zu spät. Am liebsten hätte ich mir den Bauch aufgeschnitten. Alles wieder rausgeholt, es zusammen mit meinen Sorgen in eine große schwarze Tonne getreten und darauf gewartet, dass die Müllabfuhr mich vom Anblick des Grauens erlöst.

Aber da ich die Zeit nicht zurückdrehen kann und mein Leben auch kein skurriler Comic ist, bin ich einfach nur ins Bad gegangen. Ich habe die Tür abgesperrt und das Radio laut gestellt.

O.K., dann versuchen wir es mal.

Ich habe meine Ringe auf den Waschbeckenrand gelegt, mir die Haare zusammengebunden und mich über die Kloschüssel gebeugt.

Dann habe ich mir den Finger in den Hals gesteckt. Es war gar nicht so leicht. Am Anfang hat es auch überhaupt nicht funktioniert. Ich musste zwar schon würgen, aber es kam einfach nichts, nur Spucke. Erst als ich den Eingang meiner Speiseröhre wieder und wieder unsanft mit meinen Fingerspitzen gestoßen habe, konnte ich ein bisschen was rauswürgen. Es war ein dicker, zäher Brei. Ich musste immer weitermachen, damit mehr kam. Und so habe ich mich langsam von dem ganzen Scheiß, den ich in mir hatte, befreit. Es war ein gutes Gefühl, alles loszuwerden.

Und auch wenn es wehtat, ich war irgendwie stolz auf mich. Ich habe es geschafft.

Beim nächsten Mal sollte ich vorher vielleicht noch ein bisschen mehr Wasser trinken. Dann würgt es sich bestimmt leichter.

Das andere erste Mal

Jenny! Ich will nicht, dass du zu Hause so provokant herumläufst«, knallt mir meine Mum an den Kopf, als ich aus dem Bad komme.

Erst weiß ich gar nicht, was sie damit meint. Aber als sie mir energisch meinen Pulli hinstreckt, verstehe ich, dass sie wohl denkt, ich wäre mit meiner Jeans und meinem Trägershirt zu freizügig angezogen.

»Peter kommt heute noch und bleibt übers Wochenende.« Ich fühle mich gleich ganz schlecht. Hat sie wirklich Angst, ihr Freund könnte sich durch mich provoziert fühlen? Und warum bringt sie ihn mit nach Hause, wenn sie sich deswegen Sorgen macht? Ein komisches Gefühl in meinem Bauch, aber ich muss weg. Heute Nacht schlafe ich sowieso nicht daheim.

Zu lange habe ich mich schon in meinem Zimmer verkrochen. Heute komme ich nicht darum, meine sichere Festung zu verlassen. Ein Freund von Nando feiert Geburtstag und ich habe versprochen mitzukommen.

Ich hätte es nicht gedacht, aber es tut mir gut, mal auf andere Gedanken zu kommen. Wir haben Spaß. Trinken. Lachen. Die Jungs spielen Schafkopf. Ich schaue erst mal nur zu. Kartenspielen ist nicht so mein Ding. Trotzdem wollen sie es mir beibringen und ich lasse mich widerwillig dazu überreden. Ich will ja auch kein Spielverderber sein. Aber ich bestehe darauf, dass wir danach Challenge spielen.

Challenge spiele ich am liebsten. Man stellt einen Aschenbecher in die Mitte vom Tisch. Er sollte natürlich leer sein, sonst wird es eine schmutzige Angelegenheit. Dann nimmt man eine 1-Euro-Münze, wirft sie auf den Tisch und versucht, dass sie nach dem Aufspringen im Aschenbecher landet. Wenn es klappt, darf man aussuchen, wer einen Kurzen trinken muss. Wenn es nicht klappt, ist der Nächste mit Werfen dran.

Trifft man nur den Rand, aber nicht hinein, ist es eine Challenge. Wer will, kann laut *Challenge* rufen. Wenn man es jetzt mit drei Versuchen schafft, hinein zu treffen, müssen alle, die gerufen haben, trinken. Wenn man es nicht schafft, bekommt man für jeden, der gerufen hat, selbst einen Schnaps. Wir nehmen Tequila.

Ich bin ganz gut, denn ich kenne einen Trick: Man muss die Münze mit der Fläche auf den Tisch werfen und nicht mit dem Rand. Da hat man die beste Kontrolle.

Nando ist besser.

»Ich mag es, wenn du betrunken bist«, flüstert er mir ins Ohr, trifft und stellt mir mit einem breiten Lächeln ein volles Glas vor die Nase.

Es bleibt nicht das Letzte an diesem Abend.

Langsam ist es spät geworden und wir machen uns auf den Heimweg. Ich muss die doppelte Strecke laufen, so sehr schwanke ich. Nando wohnt zusammen mit seiner kleinen Schwester bei seiner Mum in einer Wohnung nicht weit von meiner. Zehn Minuten zu Fuß. Sein Dad ist schon lange nicht mehr da. Irgendjemand hat einmal gesagt, er sei ein Zigeuner. Gibt es so etwas überhaupt noch? Leute, die mit ihren Wohnwagen durch die Gegend ziehen? Ohne einen festen Platz auf dieser Welt. Oder hat er einfach nur die

Lebensweise gemeint. Ungebunden. Unstetig. Ich weiß es nicht. Wir schleichen uns leise hinein. Ich versuche zumindest leise zu sein. Keine Ahnung, ob es mir gelingt. Mein Schluckauf quält mich und ich lasse mich aufs Bett fallen. Mein ganzer Körper fühlt sich schwer an und ich würde am liebsten einfach nur einschlafen.

Nando zieht mir die Hose aus. Und mein Shirt.

Alleine hätte ich es nicht geschafft. Es ist auch besser, nicht in den schmutzigen Sachen zu schlafen. Alles stinkt nach Rauch. Er legt sich neben mich und fährt mit der Hand die Umrisse von meiner Unterwäsche nach.

»Liebst du mich?«

Natürlich liebe ich ihn. Ich würde alles für ihn tun und das weiß er auch. Er küsst meine Schläfe. Dann fährt er mit der Hand in meinen Slip und steckt einen Finger in mich. Ich erschrecke mich und zucke zusammen. So weit waren wir noch nicht. So weit sollten wir auch jetzt nicht sein.

»Ich werde dir nicht wehtun. Es ist alles in Ordnung.«

Über seinem Bett hängt ein Holzregal. Auf ihm steht ein Schraubglas mit Kondomen. In allen möglichen Farben und mit allen möglichen Geschmacksrichtungen. Ich weiß, dass ich nicht die Erste für ihn bin. Er nimmt sich eines, reißt es auf und rollt es sich über. Dann zieht er mir meinen Slip aus und beugt sich über mich.

»Vertrau mir, ich bin vorsichtig.«

Er dringt in mich ein. Weißes Blut färbt sich rot. Morgen früh ist es schwarz. Kein schönes Gefühl. Aber ich glaube, das ist ihm gerade egal. Ich weiß nicht so recht, was ich tun soll und lasse ihn einfach weitermachen. Irgendwie ist es mir jetzt auch egal, ich will nur noch schlafen. Ich bin so müde.

Meine Augen brennen. Gestern Nacht habe ich total vergessen, meine Kontaktlinsen rauszunehmen. Jetzt sind sie am Austrocknen und kleben fest. Blinzeln tut weh. Ich will Zähne putzen und duschen. Zu Hause. Nando ist schon aufgestanden. Ich ziehe schnell meine Klamotten von gestern an und tappe vom Schlaf noch ganz benommen ins Wohnzimmer. Ich fühle mich schmutzig. Im Fernsehen läuft irgendeine dumme Zeichentrickserie auf MTV.

Wenn Nando Frühstück für mich gemacht hätte, hätte ich mich vielleicht sogar darüber gefreut. Aber es ist kein Frühstück da. Vielleicht war das auch zu viel erwartet.

»Nando, ich möchte nach Hause.«

»Kannst du laufen oder soll ich dich fahren?« fragt er, ohne auch nur von der Couch aufzublicken.

»Ist schon o.k., ich laufe.«

Er besteht nicht darauf, mich zu fahren.

Schade.

Dann bringt er mich zur Tür.

»Ich weiß, dass du dir das gestern Nacht vielleicht ein bisschen anders vorgestellt hast. Aber mit dem romantisch Essen gehen und so, das holen wir einfach noch nach, ja?«

Er gibt mir einen Kuss auf die Stirn und schließt die Tür hinter mir.

Mein inneres äußeres Ich

Als der Anruf gestern Abend kam, wäre ich vor lauter Aufregung fast vom Bett gefallen. Ich konnte die ganze Nacht nicht schlafen, weil ich die Stunden und Minuten und Sekunden zählen musste, bis es endlich so weit war. Und jetzt ist er da. Bei mir. In meinem Zimmer und er wird nur für mich angeschlossen.

»Weißt du, Schatz, als ich meinen ersten Computer kaufen wollte, hat mein Wirtschaftsberater mir empfohlen, dass ich mir doch einen programmierbaren Taschenrechner zulegen soll.«

»Unglaublich, Papa. Was für ein Ignorant!« lache ich und klatsche freudig in die Hände.

Es dauert keine weiteren zehn Minuten, bis mein Geschenk fertig installiert ist. Ein Bekannter von meinem Dad hat sich einen neuen Laptop gekauft und mir seinen alten PC überlassen. Mir!

Meine Verbindung in die große weite Welt.

Nur der Internetanschluss fehlt noch in meinem Zimmer. Aber Nando hat versprochen, sich darum zu kümmern. Wie lieb von ihm. Er ist Elektriker und weiß, wie man das machen muss. Meine Mum hat auch schon ihre Erlaubnis erteilt und jetzt brechen wir mit der Hilti ein kleines Loch durch die Wand vom Wohnzimmer in mein Zimmer um hier das Kabel durchzulegen. Danach wird das Loch wieder verputzt. Bisschen weiße Farbe drauf. Gut.

Irgendwie sieht es komisch aus. Die Internetanschlüsse, die ich kenne, hatten immer so eine Art Dose für den Stecker. Aber bei mir kommt einfach nur das Kabel direkt aus der

Wand. Na ja, ich will mich nicht beschweren. Immerhin funktioniert es, auch wenn die Umsetzung vielleicht nicht ganz perfekt ist.

Das Internet verändert dein Leben. Es macht es schneller. Rasender. In der Grundschule hat man noch liebevoll in ein Poesiealbum geschrieben, heute schickt man seine Geburtstagsgrüße innerhalb von ein paar Sekunden digital.

Informationen kommen und gehen. Sie verbreiten sich wie ein Lauffeuer und verschwinden genauso schnell wieder in der Versenkung. Es macht das Leben leichter. Für ein Referat muss ich ein Buch nicht mal mehr lesen. Ich kann blitzschnell die Zusammenfassung auf Wikipedia bekommen. Vielleicht sogar schon ein fertiges Handout.

Recherchen werden zum Kinderspiel.

Egal welche.

Und die Ergebnisse sind erschreckend:

Ich dachte immer, Essen auszuspucken, ohne es zu schlucken wäre kein Problem, aber da habe ich falsch gedacht. So einfach ist es auch wieder nicht. Schon über die Mundschleimhaut werden Kalorien aufgenommen. Extra langes Kauen macht das Ganze noch viel schlimmer. Ich hätte mir auch gleich rosarote Zuckerlösung in die Venen pumpen können. Und mit dem Brechen ist es nicht viel besser. Der Körper wandelt alles viel zu schnell um. Selbst wenn man zuerst ein Schicht aus schlecht verdaulichem Salat schluckt, kann man alles nicht schnell genug wieder loszuwerden.

Wer schlank sein will, darf den Mund eben nicht zu voll nehmen. Und ich möchte noch ein bisschen schlanker sein. Ein bisschen zarter sein. Ich möchte, dass meine

Schlüsselbeinknochen eine wunderschöne Kontur zeichnen. Ich möchte, dass mein Bauch flach ist, vielleicht sogar nach innen geht und ich möchte, dass meine Knie die dickste Stelle an meinen Beinen sind.

Ich will ein bisschen zerbrechlicher aussehen. Mich leichter fühlen. Ich will, dass mein Äußeres zu meinem Inneren passt. Ich möchte, dass man mich mit Vorsicht behandelt, wie eine kleine geschätzte Kostbarkeit. Dass man sich um mich sorgt. Und um meine Gefühle. Ich möchte zeigen, wie zerbrechlich ich bin. Nicht so stark und unerschütterbar wie alle denken. Der Ballast, den andere auf mir abladen, erdrückt mich mit all seiner Gewalt. Dabei habe ich mit mir selbst schon genug zu kämpfen.

Mit meiner Unsicherheit.

Mit meiner Zerrissenheit.

Mit meiner Hilflosigkeit.

Manchmal ist mir alles einfach nur zu viel und ich bin überfordert mit der Welt. Und trotzdem bin ich immer eine gute Zuhörerin. Mit Verständnis und Mitgefühl. Ich bin für andere da, wenn sie mich brauchen. Ich stecke immer zurück und beschwere mich nicht. Ein *Nein* kommt nur so schwer über meine Lippen. Und dann denke ich, ich halte es nicht mehr aus. Es ist zu viel für mich. Manchmal halte ich es einfach nicht mehr aus.

Wer will mich vor der Welt beschützen?

Vielleicht muss ich einfach noch ein bisschen beschützenswerter werden. Ein bisschen liebenswerter, ein bisschen fragiler. So dass jeder sieht, dass er mir nicht wehtun darf. Ich werde besser aufpassen. Mich zusammenreißen. Ich will mich um mich kümmern, als könnte ich mich selbst in den Arm nehmen. Bald wird alles besser. Versprochen.

Ich setze mich an meinen Computer und lenke mich ein wenig ab. Sehe mir auf You Tube ein bisschen Thinspiration an. Videos, liebevoll zusammengestellt aus zahlreichen Bildern von grazilen Dünnheiten, unterlegt mit Christina Aguileras *Beautifull*. Oder mit Radioheads *Creep*.

Die Hymnen der Federleichten.

Pro Anorexia.

Von den Massen verdammt,
von den Wenigen vergöttert.

Ich weiß, dass bei uns im Internet Meinungsfreiheit besteht. Nicht wie in China, im Iran, Afghanistan, Saudi-Arabien, Vietnam und Co. Und Zensur steht bei uns nicht auf dem Programm. Eigentlich. Jedenfalls solange nicht, wie die *Bundesprüfstelle für jugendgefährdenden Medien* sich nicht einmischt. Und wenn sie es tut, wird ein (Pro) Ana *Hanna* Blog schon mal ganz schnell indiziert. Denn die Mächte des Bösen müssen unterbunden werden und die Gedanken der dürren Mädchen sind die Ausgeburt des Teufels. Ja, ja. Wenn medialer Dauerkonsum die hungernden Seelen nicht davon ablenken kann, sich Gedanken über innere Freiheit zu machen, dann greift immerhin noch das staatliche Mittel der Dressur.

Pardon, Zensur.

Dumm nur, dass ich das Urteil der Verbannung als Volltext im Internet nachlesen kann. Obwohl ich noch nicht volljährig ist. Und noch dazu auf der offiziellen Seite der Bundesprüfstelle. Verewigt, inklusive sämtlicher verfluchter Texte. Da haben die sich wohl ins eigene Fleisch geschnitten. Und ich hoffe, dass ich nicht gleich eingesperrt werde, wenn ich jetzt einen Auszug aus dem *BPJM-Aktuell 1/2009* zitiere:

(...) Wenn du abnimmst (...) wirst du Lage für Lage den Dreck von dir abstreifen. Gift wird aus deinem Körper kommen. Du wirst wieder frei sein können, wirst die Seile abstreifen, die dich am Boden halten. Du wirst ungewollte Erinnerungen vergessen, Du wirst Ängste vergessen. Umso dünner, zierlicher und schmaler du wirst, desto mehr kommt deine Schönheit zum Schein (...). Deine Knochen sind golden. Du wirst wissen, was Reinheit und Sieg ist. (...) Du wirst wissen, wie es ist, in die Hölle zu reisen und zurück. (...)

Mächtige Zeilen.
Klingen wie Poesie.
Und sind beängstigend zugleich.

Verwirrende Spuren

In letzter Zeit schlafe ich immer öfter bei Nando. Es ist schon fast ein zweites zu Hause für mich geworden. Bei ihm kann ich abschalten, mal ein bisschen Abstand gewinnen von daheim. Wir machen nichts Besonderes, hängen nur zusammen rum. Manchmal sitzt Nando am Computer und ich lese ein bisschen. Zurzeit ist »Die Geisha« von Arthur Golden mein Lieblingsbuch. Es fesselt mich. Nur wenn ich wieder einmal viel zu schnell müde werde, kann ich es zur Seite legen. Faszinierend ist es. Schockierend.

Vielleicht hätte auch ich meine Jungfräulichkeit meistbietend versteigern sollen wie Goldens Protagonistin Sayuri.

Eine zeremonielle Defloration.

Was für ein hübsches Wort. Wüsste ich nicht, was es heißt, würde ich meinen, es handelt sich tatsächlich um Bienchen und Blümchen. So fern von meiner Realität. Aber was teuer bezahlt wird, das schätzt man auch. Nur Geschenke werden im Wert oft nicht erkannt. Und so war meine *Mizuage* nicht mehr wert, als die heiße Luft eines nicht eingehaltenen Versprechens. Das Versprechen, dass ich etwas Besonderes bin. Etwas Besonderes verdient habe. Aber ich will nicht nachtragend sein.

Verbunden im Herz.
In Liebe.
Und Schmerz.

Ich kann vieles verzeihen, denn ich weiß, wie schwer es ist, perfekt zu sein.

An den Wochenenden betrinken wir uns und ich vergesse dabei, was mich tagsüber quält. Meine Sorgen. Meine Selbstzweifel. Meinen Körper.

Es sind schöne Abende und ich genieße die Zeit zu zweit.

Heute Morgen ist allerdings etwas Merkwürdiges passiert. Ich kann es nicht einordnen.

Es verwirrt mich.

Sobald ich wach werde, gehe ich immer sofort ins Bad. Auch, wenn es noch ganz früh ist und ich eigentlich noch gar nicht aufstehen müsste. Erst wenn ich fertig bin, kann ich mich wieder an Nando kuscheln und noch ein bisschen im Bett weiter dösen. Vorher geht es nicht.

Es gibt zwei Gründe dafür:

Zum einen bin ich einfach extrem kurzsichtig. Mit meinen knapp sechs Dioptrien sehe ich ohne meine Kontaktlinsen so gut wie gar nichts. Es ist alles total verschwommen und nur, was direkt vor meinen Augen ist, kann ich scharf sehen. Ich hasse es. Meine Umgebung kenne ich in- und auswendig. Das ist nicht das Problem. Das Problem sind die Menschen um mich herum. Sie machen mir Angst, wenn ich ihren Gesichtsausdruck nicht sehen kann. Wenn ich ihre Stimmung nicht einschätzen kann. Egal wie nahe sie mir stehen. Ich will emotional nicht im Dunkeln tappen. Und ich will mir nicht einbilden, dass ich kritische Augen auf mir spüren kann. Die mich mustern. Die mich verurteilen, für das, was ich bin.

Und dann gibt es noch einen zweiten Grund, warum ich in der Früh immer ganz schnell im Bad verschwinde: Ich muss mich erst einmal schnell abschminken und wieder neu herrichten. Natürlich weiß ich, dass mein Verhalten eigenartig ist. Jedes normale Mädchen schminkt sich ab, kurz bevor es ins Bett geht. Und nicht wenn es aus dem Bett kommt. Aber das schaffe ich einfach nicht. Ohne meine Wimperntusche und meinen Lidstrich fühle ich mich nackt. Meine Augen sehen speckig aus und meine Lider geschwollen. Es ist nicht leicht, im Gesicht abzunehmen, und deswegen muss ich ein bisschen mit Schminke nachhelfen. Ein bisschen konturieren. Ein bisschen kaschieren. In der Früh ist dann vom Schlafen der ganze schöne Zauber im Eimer und ich muss erst einmal Schadensbegrenzung betreiben.

Ich husche heute Morgen ins Bad, um mich frisch zu machen. So weit alles wie gewohnt. Eine Kopfschmerztablette gegen den Kater und ein großes Glas kaltes Wasser gegen den Brand. Mein Frühstück. Dolormin wirkt Wunder und man ist ganz schnell wieder fit. Alles soweit ganz normal. Bis zu dem Zeitpunkt, als ich mir frische Unterwäsche angezogen habe. Ich dusche immer erst zu Hause, aber ohne frische Unterwäsche fühle ich mich einfach nicht wohl.

In meinem Slip war eine weiße Spur von einem getrockneten Etwas. Irgendein Schleim. Eigentlich sah es ganz genauso aus wie Sperma.

Eingetrocknetes Sperma.

Ich habe es mir immer wieder und wieder angeschaut, daran gerochen. Es mit meinem Fingernagel ein bisschen angekratzt. Ich glaube, es war Sperma. Ich war verwirrt. Ich konnte mich gar nicht daran erinnern, dass Nando und ich gestern Nacht miteinander geschlafen haben. Wir haben auf seinem Plattenspieler alte Scheiben angehört. Es ist ein Hobby von ihm, das mit den Platten. Ich war gut beschwipst, vielleicht war es das ein oder andere Glas Wodka-Bull zu viel. Wir haben noch ein bisschen gekuschelt, aber dann bin ich einfach eingeschlafen. Ich bin mir ganz sicher, dass wir keinen Sex mehr hatten. Oder kann es sein, dass ich es einfach vergessen habe? Schwer vorstellbar.

Oder vielleicht ist es doch gar kein Sperma? Ich weiß es nicht. Ich werde Nando erst einmal nicht darauf ansprechen. Es ist mir zu unangenehm.

Wieder dieses flaue Gefühl in meinem Magen.

Es bleibt.

Die Angst vor der 4

Meine Zähne fangen an zu knirschen. Ich kann die Reibung spüren. Wie sie aneinander schaben. Der Druck wird immer größer, so stark, dass die ersten schon beginnen zu springen. Sie zerbröckeln. Alle. Sie zerfallen in meinem Mund zu kleinen, spitzen Splittern, die sich in mein Zahnfleisch bohren. Bis auf meine Kiefer. Blut mischt sich mit Knochenmehl. Ich versuche, es auszuspucken. Spucke und spucke. Und dann fange ich an, zu schreien. Schreie mir die Seele aus dem Leib. Markerschütternd.

Es war nur ein Traum.

In der traditionellen Traumdeutung heißt es, dass Zähne eine aggressive Sexualität darstellen.

Ich und eine aggressive Sexualität?

Ich bin der Inbegriff eines Mauerblümchens.

Aber Träume sind Schäume. Ich sollte sie mit einem Traumfänger erwischen und ihnen Betonschuhe verpassen, damit sie mich nicht weiter verfolgen können.

Die alte, abgewetzte Visitenkarte von meinem Zahnarzt habe ich trotzdem schon mal aus meinem Geldbeutel gekramt. Ich sollte doch besser einen Termin ausmachen. Auch wenn ich Angst habe, dass ich auffliegen könnte.

Jedes Mal, wenn ich breche, greift die Magensäure meinen Zahnschmelz an. Am Anfang habe ich immer gleich ganz schnell meine Zähne geputzt. Aber dann kam in einer Radiosendung, dass man nach dem Essen von Obst immer erst eine Viertelstunde warten soll, bevor man sich die

Zähne putzt. Die Spucke neutralisiert die Säure mit der Zeit und der Schmelz wird danach von der Zahnbürste nicht so stark angegriffen. Das Gleiche, was für *Obst rein* gilt, gilt bestimmt auch für *Kotze raus* und jetzt warte ich immer erst ein bisschen.

Ich kann meinen Würgereiz mittlerweile unglaublich schnell auslösen. Ich kotze, wie ein Profikiller tötet. Drei Minuten und das schmutzige Geschäft ist erledigt. Viel esse ich nicht mehr. Kleine Mengen kotzen sich leichter. Und wenn es sich vermeiden lässt zu essen, dann muss man auch im Nachhinein nichts beseitigen. Echte Fressanfälle gibt es nicht mehr. Nicht nach meinem kleinen Zwischenfall. Es graut mich immer noch, wenn ich daran denke:

Das letzte Mal, als ich mich nicht beherrschen konnte und alles nur so in mich hinein gestopft habe, wollte ich nicht in die Toilette kotzen. Ich fand es erbärmlich und wollte mich lieber ins Waschbecken übergeben. Blöderweise habe ich damit den Abfluss komplett verstopft. Es war noch niemand zu Hause, zum Glück. Ich musste die Katastrophe irgendwie beseitigen, bevor meine Mum und Dominik davon etwas mitbekommen. Viel Zeit hatte ich nicht, es war schon spät. Verzweifelt habe ich versucht, den Abfluss mit dem Pümpel frei zu bekommen. Pümpel – was für ein dummes Wort. Nicht mal das TextEdit kennt es. Und funktioniert hat er auch nicht. Ich war in Panik. Wie hätte ich den ganzen Schlamassel denn erklären sollen? Aber wenn man wirklich in Not ist, dann wächst man über seine Grenzen hinaus. Ich habe es geschafft, das ganze Rohr unter dem Waschbecken abzuschrauben! Ein riesengroßer Schwall Kotze ist dabei auf dem Boden gelandet. Ein richtiger Flatsch.

Im Rohr war noch ein großes Knäul aus alten Haaren, Seifenresten und den größeren Stückchen von meinem Erbrochenen. Ein widerlicher, süßlicher Geruch zog sich vom Bad bis in den Gang. Ich hätte mich fast noch einmal übergeben müssen, allerdings von selbst, ohne Finger im Hals. Zum Glück war nichts mehr in mir. Am Ende hat niemand etwas gemerkt.

Seitdem bleibt meine kleine Schatzkammer leer. Meine ganzen Vorräte sind im Müll gelandet und jetzt wird sie nicht mehr gefüllt. Aus die Maus. Vorbei die schöne alte Zeit. Aber es ist besser, die Versuchung nicht mehr in meiner Nähe zu haben. Es ist auch nicht gut, den Magen mit den ganzen Fressanfällen so weit auszudehnen. Das Sättigungsgefühl tritt viel schneller ein, wenn ich immer nur eine kleine Portion esse. Nicht größer als der Teller meiner Hand, wenn überhaupt.

Dass es funktioniert, kann ich sehen. Schwarz auf weiß. Ich wiege mich mehrmals jeden Tag. Wenn andere Mädchen sagen, »die Waage ist meine beste Freundin«, muss ich lachen. Sollen sie doch mit ihr zu einem Kaffeeklatsch gehen. Oder zu einer Tortenschlacht. Sie haben ja keine Ahnung.

Die Waage wird niemals meine beste Freundin sein. Sie ist erbarmungslos. Sie findet keine netten Worte für mich. Ohne jegliche Schonung zeigt sie mir die Wahrheit. Jedes Gramm, jede kleine Schwäche. Ich kämpfe mit ihr jeden Tag. Sie ist meine Feindin und niemals werde ich gegen sie gewinnen. Umso früher ich es akzeptiere, umso besser ist es für mich. Es ist ein ständiger Kampf und ich muss immer wissen, wo ich stehe. Ich wiege mich vor dem Essen und danach. Vor dem Kotzen und nach dem Kotzen. Bevor ich auf die Toilette gehe und danach. Die Differenz interessiert mich. Sind es 100 g? Oder 200 g? Oder mehr?

Im Moment wiege ich 37,2 Kilo und bin 1,61 Meter. Meine größte Angst ist es wieder zuzunehmen. Mein absoluter Albtraum ist die 4. Eine beängstigende Zahl. Ich kann mir gar nicht mehr vorstellen, wieder 40 Kilo oder mehr zu wiegen. Und deshalb messe ich jeden Morgen meinen Körperumfang: Bauch, Hüften, Oberschenkel, Oberarm. Alle Daten werden notiert. Die Werte immer mit denen vom Tag davor verglichen. Es darf keine Verschlechterung geben. Niemals.

Endlich bin ich fertig beim Zahnarzt. Ich habe ein kleines Loch, aber es ist nichts Schlimmes. Schon repariert. Und er hat nichts bemerkt. Auch nicht an der Speiseröhre. In letzter Zeit spucke ich ab und zu ein bisschen Blut mit. Ich denke, es kommt davon, dass meine Speiseröhre gereizt ist. Wenn ich mich über mich selbst ärgere, bin ich ab und an ein bisschen grob zu meinem Hals. Aber wenn er nichts bemerkt hat, wird alles in Ordnung sein.

Irgendwie fällt auch sonst niemandem etwas auf. Vielleicht bin ich auch noch nicht so dünn, dass es einem auffallen müsste. Nicht mal meiner Hausärztin. Ich hasse die blöde Kuh. Sie ist immer herablassend und ich glaube, sie mag mich nicht. Eine Homöopathin. Die nehmen doch eh nichts und niemanden richtig ernst. Ich könnte im Sterben liegen und bekäme nichts als Globuli. Wenn es geht, vermeide ich es, zum Arzt zu gehen. Wieso auch, ich bin ja nie krank. Und wahrscheinlich kommen kaum Fragen zu meinem Gewicht, weil alle denken, ich bin als Vegetarierin einfach ein wenig dünner.

Wenn sie wüssten, was für harte Arbeit es ist.

Mein Dad hat erst einmal gesagt, dass er mich schön findet, so wie ich bin. Er würde nichts an mir ändern. Nur das Muttermal links auf meiner Stirn. Es stört die Symmetrie in meinem Gesicht. Und schon die alten Griechen wussten, dass Symmetrie der Schlüssel zur Schönheit ist.

Der Schlüssel zur Schönheit – den hätte ich auch gerne.

Nur ein schlechter Traum?

Als Jenny langsam wach wird, ist es mitten in der Nacht. Alles um sie herum ist stockdunkel. Kein Stern am Himmel. Sie ist noch ganz benommen, als sie den warmen Atmen an ihrem Hals spürt. Es ist ein rhythmisches Keuchen. Leise. Feucht. Normalerweise schläft sie auf der Seite, aber jetzt liegt sie auf dem Rücken. Ihre Beine sind zur Seite gedreht. Links und rechts liegen sie neben ihr, als würden sie gar nicht dazu gehören. Als wäre ihr ganzer Körper fehl am Platz. Bis Jenny realisiert, was gerade passiert, vergehen vier weitere Stöße. Er fickt sie gerade. Steckt seinen Schwanz immer wieder tief in sie.

Jenny kann gar nicht glauben, was gerade mit ihr passiert. Ihre Muskeln sind gelähmt, unwillig auch nur den kleinsten Befehl auszuführen. Im Stich gelassen, ihr ganzer Körper, erstarrt. Ohne jede Regung. Willenlos erträgt er alles. Lässt alles über sich ergehen, ohne auch nur den kleinsten Laut von sich zu geben.

Kein Zucken.

Kein Wort.

Kein bisschen will sie wahrhaben, dass es so geschieht. Sein Schwanz bohrt sich bis in ihre Gebärmutter. Tief dringt er in sie ein. In ihre Seele. Sie fühlt den Schmerz, doch verblasst er neben den Abgründen, die sich in ihrem Herz auftun. Schluchten voller Verzweiflung. Es kommt ihr wie eine Ewigkeit vor, bis er endlich zum Ende kommt. Gleich ist es vorbei. Ein letztes Mal und mit einem unterdrückten Stöhnen kommt er in ihr.

Ein triumphierendes Lächeln huscht über sein Gesicht. Er blickt auf und will sehen, wie sie schläft. Aber als er in Jennys leere Augen blickt, vergeht ihm schnell das Lachen. Sie ist wach. Damit hat er nicht gerechnet. Er war doch so vorsichtig. So vorsichtig wie immer.

Erst jetzt, als Nando mit ihr fertig ist und sie direkt in sein Gesicht sehen kann, traut sich ihr Herz wieder zu schlagen. Adrenalin peitscht durch ihren Körper und gebietet ihren verräterischen Muskeln zu gehorchen. Mit aller Gewalt stößt Jenny ihn zur Seite. Sie will einfach nur weg. Will dem Ganzen einfach nur entfliehen.

Sie kämpft sich durch den Gang zur Haustür. Dass sie sich dabei an der Zimmertüre stößt, spürt sie schon längst nicht mehr. Erst der blaue Fleck an ihrem Oberarm wird am nächsten Tag ein stummer Zeuge der verdammten Nacht sein. Sie ist kurz davor, halb nackt auf die Straße zu stolpern, aber es interessiert sie nicht. Im Moment wäre sie lieber nackt in einer japanischen U-Bahn, als gefangen in Nandos Wohnung. Als in dieser Situation. Die Haustür ist abgeschlossen. Der Schlüssel steckt. Panisch dreht sie ihn im Schloss. Zweimal. Mit all den kleine rosa Plüsch-Schweinchen und Einkaufswagen-Chips und Flaschenöffnern und Glücksbringern, die noch am Bund hängen. Doch es ist bereits zu spät. Nur eine Sekunde länger und sie hätte es nach draußen schaffen können. Gerade in dem Moment, als sie die Klinke nach unten drückt, steht Nando hinter ihr und dreht den Riegel vom zweiten Sicherheitsschloss, das sich kurz über ihrem Kopf befindet mit einem Ruck herum.

Die Türe ist wieder verschlossen. Der Ausweg verloren.

Was wird mit ihr geschehen? Sie weiß sich nicht mehr zu helfen. Sie kann sich nicht mehr kontrollieren. Erschöpft und hoffnungslos mit der Situation überfordert, bricht sie auf dem kalten Fließenboden zusammen.

Als Jenny wieder zu sich kommt, liegt sie in eine kuschelige Decke gehüllt auf der Couch im Wohnzimmer. Sie trägt ein großes weißes T-Shirt von Nando. Es riecht nach Weichspüler. Aprilfrisch. Er hat ihr einen Tee gemacht und hält mit besorgtem Blick ihre Hand.

»Geht es dir wieder besser, mein Schatz? Du hast ziemlich schlecht geträumt.«

Jenny ist zu schwach, um sich noch mehr mit dieser schrecklichen Nacht auseinanderzusetzen. Sie nickt und schließt die Augen. Wenn sie Glück hat, wird sie morgen früh aufwachen und alles war nur ein furchtbarer Albtraum.

Mein Krieg, mein Frieden

Nervös tippe ich im Wartezimmer vom Frauenarzt auf meine Uhr. Was dauert da denn so lange? Es ärgert mich, dass ich mich überhaupt habe überreden lassen, hierher zu kommen. Eigentlich wollte ich gar keinen Termin ausmachen. Aber die Arzthelferin hat am Telefon darauf bestanden, dass ich alles mit dem Doktor besprechen muss. Hätte ich doch einfach nur *Nein* gesagt. Jetzt sitze ich hier. Völlig umsonst. Ich werde ihm das Gleiche sagen, wie vor zwei Wochen schon der Sprechstundenhilfe am Telefon. Mehr nicht.

»Sie sind dran, Jenny. Zimmer drei.«

Bockig folge ich der Sprechstundenhilfe ins Behandlungszimmer und lasse mich auf den Patientenstuhl vor dem überdimensionierten Schreibtisch fallen, auf dem schon meine Akte liegt. Wieder warten – was hatte ich anderes erwartet.

Endlich. Gefühlte Stunden später. Er ist da.

»Was kann ich denn für Sie tun?« fragt Dr. Falkner mit einem aufgesetzten Lächeln, als hätte er keine Ahnung, warum ich hier bin.

»Ihre praxis-internen Kommunikationswege verbessern!« würde ich ihn am liebsten angiften. Aber ich reiße mich zusammen. Ich bin ein braves Mädchen.

»Ich wollte Ihnen nur Bescheid sagen, dass ich die Pille abgesetzt habe. Ich hatte angerufen und dachte, ihre Arzthelferin kann es ausrichten, aber sie hat gesagt, dass ich persönlich vorbeikommen muss.«

»Gibt es einen bestimmten Grund dafür, dass Sie die Pille abgesetzt haben?«

Seine Stimme ist monoton. Als würde die Antwort ihn gar nicht interessieren. Ob ich ihn langweile? Er macht ein paar Notizen. Würde er mir in die Augen schauen, wenn ich mit ihm rede, könnte er sehen, dass sie sich mit Tränen füllen. Aber das tut er nicht.

»Weil ich sie nicht mehr brauche.«

Meine Antwort scheint ihm zu genügen. Auch wenn sie noch so leise ist. Und noch so leer. Er runzelt nur die Stirn, als wollte er sagen: »Diese Teenies! Können sich auch nicht entscheiden. In drei Wochen kommt sie wieder und will, dass ich ihr die Pille doch noch mal verschreibe.«

Aber da liegt er falsch. So wird es nicht sein.

»Gut, dann machen Sie sich unten schon mal frei.«

Seine Nase steckt noch in meiner Akte und mit seinem Kugelschreiber deutet er wippend auf den gynäkologischen Stuhl. Als wäre ich ein dressiertes Hündchen, das Platz machen soll. Aber so war das nicht abgemacht.

Ich wollte nicht mit ihm reden.

Ich wollte keinen Termin ausmachen.

Ich wollte nicht hierherkommen.

Ich wollte mich nicht abfällig behandeln lassen.

Und ich wollte schon gar nicht, dass er jetzt auch noch seine Instrumente in mich hineinsteckt, um irgendwelche dummen Untersuchungen zu machen.

Es macht mir Angst. Und es macht mich wütend.

Unglaublich wütend.

»Ich will keine Untersuchung!«

So laut und so energisch sind meine Worte, dass ich mich fast vor mir erschrecke. Eine unsichtbare Kraft reißt mich vom Stuhl und, als wäre ich nicht ich selbst schnappe ich meine Tasche und folge meinen festen Schritten nach draußen. Ohne ein weiteres Wort. Jedes *Auf Wiedersehen* wäre eine Lüge gewesen. Ich will einfach nur raus. Raus aus der Praxis. Weg. Nie wieder werde ich hierherkommen. Das habe ich mir geschworen. Nie wieder.

Tage vergehen, und Nächte. Ich kann nicht akzeptieren, dass es wirklich wahr sein soll. Ich bin gefangen in meiner Hoffnung. Es ist einfach zu viel für mich. Zu glauben, dass alles tatsächlich so geschieht, wird mich zerbrechen. Wie feines Porzellan. Zu dünn, um es im wahren Leben zu gebrauchen. Selbst der teuerste Sekundenkleber dieser Welt und aller anderen, die uns verborgen bleiben, kann grobes Ungeschick nicht ungeschehen machen. Vorsätzliches Ungeschickt schon gar nicht. Und auch kein wiederkehrendes.

Stumm ertrage ich ihn jedes Mal. Wieder und wieder. Immer dann, wenn er vorsichtig meinen Slip auf die Seite schiebt. Immer dann, wenn er seine Finger ableckt und schmierige Spucke auf mir verteilt, um meinen Körper gefügiger zu machen. Selbst dann, wenn er alle Finger seiner schonungslosen Hand gleichzeitig in mich bohren will. Er prüft, wie weit man mich noch dehnen kann. Wie weit man mich verformen kann. Wie weit man mit mir noch gehen kann, bevor er sich erbarmt und in mir kommt.

Ich lerne die Schmerzen zu ertragen.

Körperliche.

Seelische.

Denn innerlich bin ich schon längst nicht mehr da.

An einem anderen Ort. Weit weg.

Ich möchte in dieser einen ersten Nacht lieber einfach nur schlecht geschlafen haben. Ich möchte in all diesen dunklen Nächten einfach nur schlecht geschlafen haben. Es darf nicht sein, dass der Mann, der alles für mich bedeutet – der alles ist, was mich am Leben hält – mir so etwas antut.

Ich will mein letztes Stückchen heile Welt nicht verlieren. Ich kämpfe dafür. Unbarmherzig. Mit allen Mitteln, die ich habe. Verleugnung ist mein Schwert und Verdrängung ist mein Schild. Kaltes Wasser wäscht das Blut von meiner löchrigen Seele.

Wenn ich mich nicht wehre, dann gibt es auch keinen Grund dazu. Kein Unrecht. Keine Grobheit, vor der es sich zu schützen gilt.

Denn jedes laute Wort und jeder offene Widerstand wären Zeuge einer Tat, die sich dann nicht mehr abstreiten ließe.

Wie sollte er es erklären, dass sein Schwanz in mir steckt? Es wäre zu offensichtlich und mein Schwert und mein Schild würden im Angesicht der Wahrheit zu Staub zerfallen, um mich schutzlos zurückzulassen.

Wenn ich ihn anklage, wird alles real.

Damit kann ich nicht leben. Und ich will es nicht.

Ich will es nicht wahrhaben.

So leicht wäre es, aufzuwachen aus diesem Albtraum. Aber nur wer auch die Konsequenzen ertragen kann, darf seine Augen öffnen. Und wer seine Augen öffnet, muss stark genug sein, sich von dem zu trennen, was einst geliebt und teuer war. Aber ich bin schwach. Nicht zur Kriegerin geboren. Jedenfalls nicht auf dieser Seite der Schlacht. Den falschen Frieden bezahle ich mit meiner Seele.

Wieso macht es ihm so viel Spaß, mich zu quälen? Was ist daran so toll, mich zu ficken, wenn ich hilfslos bin? Wenn ich eigentlich gar nicht da bin. Er schläft nicht mit mir, sondern nur mit meiner Hülle. Nicht mehr, als mit einem leblosen Stück Fleisch. Wenn er so unendlich geil ist, könnte er mich doch wecken. Auch wenn es mir nicht gefällt, ich würde mich ihm nicht verweigern. Schon gar nicht, wenn ich weiß, welche Strafe für ein *Nein* droht.

Ich schäme mich für das, was er mit mir macht. Ich wollte einfach nur geliebt werden. Und das von ganzem Herzen. Ich schaffe es nicht, wieder ganz allein zu sein. Ich brauche ihn. So sehr. Dieser unendlich tiefe Schmerz in mir. Ich möchte in ihm ertrinken.

Ich hole mir aus der Küche ein Messer.

Es soll meinen Schmerz lindern.

Töten wir den Schmetterling

Vor einem guten halben Jahr hatte ich mein kleines Messer das erste Mal in der Hand. Es ist ein einfaches Küchenmesser mit gerader Klinge. Eigentlich müsste es viel schärfer sein. Viel besser geschliffen.

Wenn ich schneide, muss ich mehrmals die selbe Linie entlang ritzen, bis ich durch die Haut dringe. Bis endlich Blut kommt. Der gleiche Schauer, wenn Kreide auf einer Tafel kratzt.

Den Anblick meiner Oberschenkel kann ich schon lange nicht mehr ertragen. Zu viele Dehnungsstreifen. Meine Haut hat sich für meine unzähligen Gewichtsschwankungen gerächt. Auf und ab. Sie ist nachtragend, denn ich hätte besser für sie sorgen müssen. Sie besser eincremen müssen. Immer dann, wenn sie trocken war und gespannt hat. Wenn sie sich angefühlt hat, als wäre sie Pergament. Wenn meine Ellenbogen rissig wurden und meine Lippen blutig.

Deshalb nehme ich die Innenseiten meiner Unterschenkel. Mittlerweile sind es etwa 13 Narben. Ich kann es nicht genau sagen, weil ich nicht sicher weiß, wo die eine endet und die Nächste anfängt.

Ich dachte, es wird besser, wenn ich Nando sage, dass ich die Pille abgesetzt habe. Aber mein kleiner Trick hat nicht funktioniert. Ich wollte, dass er nicht mehr weitermachen kann, aber er findet immer neue Wege, mich zu quälen. Er hat angefangen, Kondome zu verwenden. Vielleicht ist es so auch leichter für ihn, weil er seine Spuren schneller beseitigen kann. Keine Taschentücher mehr nötig. Letzte Nacht hat er mich das erste Mal anal genommen. Am liebsten wäre ich vor Scham gestorben. Furchtbar beschmutzt. Voller Ekel. Aber ich habe es ertragen. Ohne den kleinsten Laut. Wie dumm von mir, ich konnte nicht anders. Stundenlang habe ich heute Vormittag zu Hause geduscht. Kaltes Wasser. Und heißes Wasser. Und dann wieder kaltes. Bis meine Haut schreiend rot war. Verbrüht. Ich will nichts mehr essen, wenn ich weiß, dass er auch in meinen Po geht. Wie schrecklich, wenn ich noch etwas in mir habe. Er hat an seinen Fingern gerochen. Ein abfälliges Schniefen. Wie beschämend. So demütigend und peinlich.

Mein kleines Messer liegt zittrig in meinen Händen. Eine dunkle Nacht hinter mir, ein neuer Schnitt vor mir. Ich setze an und fange an zu kratzen. Fange an, zu schneiden und versuche, den Schmerz zu spüren. Da, wo ich ihn kontrollieren kann. Warum kann es nicht einfach vorbei sein? So viel Zerstörung. So viel Wut. Über mich selbst. Ich sehe das Blut, aber ich bin keine besonders gute Borderlinerin. Ich bin überhaupt keine.

Bis zu dieser Stunde habe ich immer gehofft, dass die kleinen Schnitte meinen inneren Schmerz heilen können. Dass sie mir Linderung verschaffen. Aber das können sie nicht. Sie können ihn kein bisschen übertünchen. Es war ein Versuch. Der Versuch, mit dem allen umzugehen, aber es hilft mir nicht weiter. Ich schneide und schneide. Aber der Schmerz bleibt weiter in mir. Wie Pech klebt er an mir. Ich kann es nicht mehr ertragen. Ich brauche so dringend jemanden, der diese ganze Last von mir nehmen kann. Jemand, der mich davor beschützt, erdrückt zu werden.

Verzweiflung überfällt mich. Kein Schnitt dieser Welt kann mein Leid lindern. Ich begreife es in diesem Moment. Ich sehe, wie die Tür vor mir zugeschlagen wird, aber keine Neue öffnet sich. Kein Ausweg, und auch kein Weg zurück.

Das Schluchzen aus meinem Zimmer war zu laut. Zu erbärmlich. Es hat mich verraten.

»Jenny, ist alles in Ordnung?«

»Ja, Mama. Lass mich bitte.«

»Ich hör doch, dass du weinst. Mach' bitte die Tür auf.«

Ob sie gehen wird, wenn ich sie nur lang genug ignoriere?

»Ich werde so lange hier warten, bis du mich reinlässt.«

Es vergeht eine Weile. Sie ist immer noch da. Ich schleppe mich zur Tür und drehe den Schlüssel einmal im Schloss. Als der Spalt sich öffnet, sitze ich wieder in die Ecke gekauert auf meinem Bett. Verheulte Taschentücher umringen mich, als könnte es mir besser gehen, wenn man mich in Watte packt.

»Was ist denn los mit dir? Warum weinst du denn?«

Am liebsten würde ich ihr alles erzählen. Einfach alles. Damit ich es los bin. Am liebsten würde ich alle Verantwortung für mein Leben abgeben. Aber ich kann es nicht.

»Mama, ich glaube, ich sollte eine Therapie machen.«

Meine Worte sind zu dünn, aber auch wenn ich massiver sprechen könnte, würden sie vermutlich nicht leichter gehört werden. Nicht einmal dann, wenn sie aus Stein gemeißelt wären.

»Hör mal, Jenny. Meinst du nicht, dass du das vielleicht auch so wieder in den Griff bekommst?«

»Ich weiß nicht. Ich halte das alles einfach nicht mehr aus. Ich bin so unglücklich. Ich würde am liebsten sterben.«

»Ach, Jenny. Was redest du denn da.«

Sie rückt ein Stückchen zu mir her, als wollte sie mir zeigen, dass sie ganz nah bei mir ist. Aber trotzdem versteht sie nichts von dem, was mich erschüttert.

»Mit Therapien ist das immer so eine Sache. Wenn man einmal eine angefangen hat, dann hat man seinen Stempel schnell weg. Einmal Psycho, immer Psycho. Und dann nimmt dich auch keine Versicherung mehr.«

Sie streicht mir vorsichtig ein paar Strähnen aus dem Gesicht, als wollte sie sagen *Kopf hoch, das wird schon wieder.* Ich wünschte, sie würde mich umarmen, aber sie tut es nicht.

»Willst du nicht noch mal darüber nachdenken? Vielleicht geht es ja auch so.«

Sie hätte auch gleich mein Messer nehmen und es mir in die Brust rammen können. Sie hat mich nicht gefragt, warum ich eine Therapie machen möchte. Sie hat mich nicht ernstgenommen. Was hat sie gedacht, dass ich für Probleme habe? Einen abgerissen Fingernagel? Oder eine schlechte Note in Latein? Ich war so verzweifelt, sie um Hilfe zu bitten. Und sie lässt mich im Stich. Sie lässt mich einfach allein.

Wie damals, als ich noch klein war und mit ihr und Dominik einen Ausflug in die Berge gemacht habe. Beim Wandern hat sie uns erzählt, dass sie früher einmal mit Arbeitskollegen Schmetterlinge gefangen hat. Mit einem Kescher. Und dann haben sie die zarten Falter genommen, auf dem Boden fixiert und mit einem Stein behutsam die winzigen Köpfe zertrümmert. Sie sollten sterben, damit sie dann mit Stecknadeln aufgespießt und als Sammlung präsentiert werden konnten. Tolle Farben sollen sie gehabt haben. Ganz außergewöhnliche Exemplare.

Wie kann man einem Kind nur so etwas Brutales erzählen? Sie sagte, ich soll mich nicht so haben, das Leben ist halt manchmal so. Aber das kleine Mädchen wusste nicht, was es mit so viel Grausamkeit anfangen soll. Es stand einfach nur da und hat bitterlich geweint. Sie ist mit meinem Bruder einfach weiter gelaufen. Sie hat mich stehen lassen. Ich war allein in einem fremden Wald und hatte Angst. Sie dachte wohl, ich komme gleich nach, aber ich kam nicht. Ich stand einfach nur regungslos auf meinem Platz. Es dauerte eine Ewigkeit, bis ein Rentnerpaar bei mir vorbeikam und sich um mich gekümmert hat. Sie haben mich den Rest des Weges mitgenommen. Als wir aus dem Wald kamen, saß meine Mutter gemütlich im Biergarten und hat in der Sonne ein Radler getrunken, als wäre nichts gewesen.

Ich fühle mich wieder wie das kleine Mädchen. Allein gelassen und ohne Schutz. Was muss ich denn noch tun, damit sie meine Verzweiflung sieht? Muss ich mich erst umbringen?

Ich möchte die Leichtigkeit wieder spüren. Die Sorgen einfach abschütteln und alles vergessen. Ich wünschte, ich könnte mein Leben von vorne anfangen. Ich wünschte, ich wäre ein Schmetterling, der mit einem Flügelschlag alles verändern kann. Der einfach über die Welt hinweg schwebt. Frei von allem. Zu schön wäre es.

Aber wir wissen ja, was mit unbedachten Schmetterlingen passiert. Ihnen werden die Köpfe eingeschlagen, damit sie elendig verrecken.

Kleiner Stich, große Wirkung

Meine Eltern erwarten, dass ich diesen Sommer einen Tanzkurs mache. Die Anmeldebestätigung liegt schon auf dem Tisch. Gegenwehr zwecklos, mein Schicksal ist bereits besiegelt.

Jeden Samstagnachmittag quäle ich mich jetzt hübsch poliert ins renommierteste Tanzstudio Augsburgs, um meinen Dienst zu erfüllen. Es fühlt sich an, wie der Gang zur Schlachtbank, aber wohlerzogene junge Damen haben tanzen zu können. Alles andere wäre nicht gesellschaftsfähig und wie könnte ich als brave Tochter diesen einfachen Wunsch abschlagen. Wiener Walzer, langsamer Walzer, Discofox, Cha-Cha-Cha, Foxtrott. Die Schritte des Volkes. Sie erfreuen sich allgemeiner Beliebtheit. Und Filme wie Dirty Dancing und Step Up versprühen einen zauberhaften Charme – solange ich gemütlich zu Hause vor dem Fernseher mit einer Tasse Tee sitze.

Aber es hilft ja nichts.

Ich reiche meinem Gegenüber die Hand. Auch wenn es nur für einen Tanz ist. Und dann werde ich weitergereicht zur nächsten Hand. Schwitzende Hände. Feuchtwarm legen sie sich um meine Taille. Ich will nicht unhöflich sein, erzwinge ein Lächeln. Aber das Fremde auf meinem Körper ist nur schwer zu ertragen. Staccative Kommandos. Verbrauchte Luft. Kurz drohe ich zu ersticken und dann werde ich wieder weitergereicht. Wie der samtig rote Klingelbeutel sonntags in der Kirche. Ich kann es klimpern hören, auch wenn es kupfern schimmert. Sie haben alle ihren Obolus gezahlt mich berühren zu dürfen. Und berührt zu werden.

Es gehört dazu. Es ist zu unserem Besten, sagen sie. Denn wir müssen mit allen Männern tanzen können und auf allen Brettern dieser Welt.

Vieles muss ich tun, was ich nur allzu gerne lassen würde. Meine Mum ist wegen ihrer Arbeit oft unterwegs. Hin und wieder beschwert sie sich, dass ich etwas für uns kochen solle. Dass ich sie ein bisschen unterstützen könne. Schließlich ist sie der Alleinernährer unserer Familie und viel Unterhalt bekommt sie nicht für uns. Manchmal scheint es sie wütend zu machen. Ich sehe es in ihrem Blick. *Dein Vater ist so ein elender Versager* spricht dieser, ohne dass der leiseste Ton ihre Lippen verlässt.

Verachtung.

Auch für mich?

Sicherlich, als Teil von ihm. Ich schließe die Augen, weil ich die Worte nicht mehr hören will. Zu laut kreischt die Stimme in meinem Kopf.

Und dann gehe ich in die Küche und koche. So, wie man es mir gesagt hat. Spaghetti mit Tomatensoße. Oder Salzkartoffeln mit Spinat. Niemand bemerkt, dass ich kaum einen Bissen davon angerührt habe. Wir essen nicht gemeinsam. Jeder für sich. Jeder, wann es ihm passt. Manchmal gehe ich an den Schrank und klappere mit Geschirr. Schmiere einen Klecks Soße darauf herum, damit sie denken, ich wäre schon fertig. Meine Zähne sind immer frisch geputzt. Für einen kleinen Happen lohnt es sich nicht, das saubere Gefühl zu verkaufen. Niemand mit frischem Atem hat das Bedürfnis zu essen. Und wenn doch, lutsche ich einen Eiswürfel, um mich abzulenken.

Die letzte Zeit war schwierig – aber heute ist ein besonderer Tag. Ein Highlight steht an. Ich freue mich schon ewig darauf. Eine Belohnung, weil ich gelernt habe, so konsequent zu verzichten. Weitgehend zumindest.

Die Idee kam Ina und mir bei einer unserer Sturmfrei-Parties. Mittlerweile sind die legendär und in meinem kleinen Freundeskreis sehr gerne gesehen. Nur Nando ist nie mit dabei. Warum auch, er ist volljährig und geht mit seinen Kumpels lieber in die Stadt. Eigentlich mag ich das nicht. Ich möchte, dass er bei mir ist, vor allem, wenn böse Zungen mir schwören, ihn mit fremden Mädchen gesehen zu haben. Aber ich bin gut darin, Zweifel von mir zu schütteln und an das Gute in ihm zu glauben. Auch wenn es schmerzt.

Wenn wir feiern, wird alles schriftlich dokumentiert. Ein kleines Log-Buch mit besoffenem Gekritzel, das am nächsten Tag daran erinnert, was wir unter reichlichem Alkoholeinfluss schon längst vergessen haben.

Unser Catchy-Accessoiry-Book:

JENNY ist die Königin des Bacardis
sie ist der beste Schnaps der Welt
gefährlich und unberechenbar!

Ina schreibt so kreativ. Ich liebe es, ihre Zeilen zu lesen.

»Möchtet ihr Chips?«

Ich reiße in der Küche eine Packung auf und bringe sie ins Wohnzimmer. Die Musik ist viel zu laut, aber unsere Nachbarn sind strapazierfähig. Sie beschweren sich nicht.

»Klar, warum nicht.« Ina nimmt sich eine Handvoll und hält mir die Tüte hin: »Du auch?«

Aber Betrunkene sind im Ausreden erfinden nicht gerade besonders kreativ:

»Nein danke, die sind nicht mehr frisch.«

»Na vielen Dank auch, du herausragende Gastgeberin«, lacht sie. Und ich muss auch lachen. Neun Piña Coladas habe ich heute schon gemixt. Für alle Gäste einen, oder auch ein paar mehr. Nur für mich nicht. Für mich gibt es Schnaps pur. Kein Zucker mehr, keine Säfte, keine Cola. Passoa ist mein Erfrischungsgetränk. Hat auch so schon genügend Kalorien. Ich bin gerade dabei, mir zu überlegen, wann der beste Zeitpunkt wäre, mich zu übergeben, da kommt Chris mir dazwischen.

»Scheiße, was macht der denn?« Jasmin entdeckt ihn als erstes. Er hängt mit dem ganzen Oberkörper über dem Balkongeländer, zappelt und gibt würgende Geräusche von sich.

»Jenny, komm schnell! Chris kotzt gerade bei deinen Nachbarn in den Garten!«

»Sag mal, bist du total bescheuert?« Vermutlich bin ich viel zu grob, als ich ihn zurückreiße. Aber das spürt er jetzt eh nicht und eine Strafe hat er verdient. Ich bin stocksauer.

»Willst du dich umbringen, du Idiot?! Kennst du nicht die Geschichte von dem Typ, der besoffen vom Hotelturm gekotzt hat und dabei abgestürzt ist?«

Aber was frage ich ihn. Er hört mir gar nicht mehr zu und verkrümelt sich schwankend aufs Gästeklo. Hoffentlich regnet es heute noch, sonst kann ich mir morgen was anhören.

Aber kleine Zwischenfälle bedeuten nicht das Ende der Welt. Es wird noch ein langer Abend. Mit viel Alkohol, leichtsinnigen Gesprächen und einer ganz besonderen Idee.

Vielleicht einer Schnapsidee, aber trotzdem soll sie schon bald in die Tat umgesetzt werden.

Drei Wochen sind vergangen und mittlerweile haben wir alles besorgt, was wir brauchen. Es war nicht leicht, die richtige Kanüle zu bekommen und ein bisschen Angst habe ich schon vor dem Stich. Warum eigentlich? Die Haut konnte ich mir ja auch ohne Probleme aufritzen. Aber trotzdem ist es etwas anderes. Ich habe ganz schöne Horrorgeschichten gehört, was alles passieren kann. Nerven verletzt. Gesichtslähmung. Ich versuche, mich selbst zu beruhigen. Manchmal muss man einfach ein Risiko eingehen. Wenn man gar nichts erlebt, kann man sich auch gleich einäschern lassen. Außerdem wollte ich es schon immer und auf die Erlaubnis meiner Eltern kann ich noch lange warten. Vor allem von meinem Dad. Er verabscheut Piercings und Tattoos. Trotzdem stechen wir uns heute unser Lippenbändchen-Piercing selbst.

Jasmin ist die Erste, dann Ina, dann ich. Während die beiden schon dabei sind, desinfiziere ich noch meinen Ring mit dem kleinen weißen Strass-Steinchen und sprühe Kältespray zwischen Lippe und Zahnfleisch. Es wird pelzig; richtig taub ist es nicht. Nur ein kleines Stückchen Haut, das durchgestochen werden muss. Augen zu und durch. Verdammt, am liebsten würde ich fluchen, aber die Nadel hängt in meinem Mund. Sie ist auf der einen Seite schon in der Haut, aber auf den anderen Seite geht sie ganz schwer wieder raus. Ein elendiges Bohren. Ich bin so froh, als wir durch sind und endlich den Ring eindrehen können. Meine Lippe ist noch geschwollen, aber das kleine Piercing blitzt wunderschön hervor, wenn ich lache. Das war es wert.

Zaubertränke und Wunderbäume

Mein großes weißes Handtuch landet klatschnass auf dem Fließenboden im Bad. Keine Zeit. Ich muss mich beeilen. Ich bin spät dran. Nando hat versprochen, mich zu meinem Dad in die Stadt zu fahren. Ich will ihn nicht warten lassen. Der Spiegel über dem Waschbecken ist angelaufen, zu heiß geduscht. Aber ich bin routiniert darin, Kajal und Wimperntusche aufzutragen. Ich könnte mich auch in dunkelster Nacht fehlerfrei hinter Schminke verstecken.

Nando wartet schon vor meiner Haustür. Er kommt direkt aus der Arbeit. Ich mag es lieber, wenn er vorher zu sich fährt, um sich frisch zu machen. Aber heute tut er mir einen Gefallen und ich habe ein schlechtes Gewissen, weil ich nur den Schweiß der Arbeit und den Staub der Baustelle an ihm sehe.

Reinheit kann man nicht teilen.

Schmutz schon.

Nur eine flüchtige Umarmung, aber ich lasse mir nichts anmerken. Ich nehme mir ein Smint aus der Mittelkonsole, stelle das Radio laut und lasse die Scheiben herunter. Ich freue mich so sehr auf meinen Dad. Wir haben uns zu lange nicht gesehen. Zu viel Stress in der Schule. Zu wenig Zeit. Nando nimmt meine Hand und legt sie auf seinen Oberschenkel. Er lächelt mich an. Ich verstehe schon, was er mir sagen will. Im Radio läuft unser Lied. Gigi D'Agostino – *L'Amour Toujours*. Die ewige Liebe.

Vielleicht ist Liebe ja wirklich wie Musik hören. Die Begeisterung, wenn du ein schönes Lied zum ersten Mal im Radio hörst. Du hast keine Ahnung, wie es heißt oder von wem es ist. Aber du willst es wieder hören. Du suchst es. Und dann findest du es. Hörst es wieder. Und du verliebst dich in den Song. Du kannst gar nicht genug davon bekommen. Hörst ihn Tag ein und Tag aus. Ewigkeiten. Irgendwann magst du ihn dann vielleicht nicht mehr ganz so sehr. Wenn der Radiomoderator ihn für die nächste Viertelstunde ankündigt, überlegst du, was vielleicht auf den anderen Sendern noch kommen könnte. Und schneller als du denkst, kannst du dein Lied einfach nicht mehr hören. Du schaltest um. Auf den nächsten Sender. Den nächsten Ohrwurm.

Aber *L'Amour Toujours* darf bis zum Schluss laufen und dann sind wir auch schon beim Lug-ins-Land. Die letzten Meter bis zum Biergarten kann ich allein laufen. Mein Dad hat einen großen Tisch im Schatten für uns reserviert. Eine gute Entscheidung, denn es ist heiß. Die Sonne brennt und Sonnenstrahlen machen mich glücklich. Ich beschließe mir ein Eis zu erlauben. Einfach so. Eine Kugel, geschmückt mit einem pinkem Cocktailschirmchen. Tiramisu. Es ist eine dieser unbeschreiblichen Stunden, in denen man einfach nur glücklich ist.

Wir lachen über Gott und die Welt.

Wir lassen Regen zum Himmel fallen.

Und die Zeit rückwärts laufen.

Wir lassen weiße Kaninchen Zaubertränke aus Wunderbäumen brauen, mit denen man Blitze dazu bringen kann, sich unterirdisch durch vier zu teilen.

Wenn es Seelenverwandtschaft gibt, dann sind wir der beste Beweis dafür. Wir vergessen alles um uns herum. So sehr, dass ich sogar mein kleines Geheimnis vergesse. Es hatte nicht lange gedauert, bis meine Mum mein Piercing entdeckt hat, aber sie hat es ganz gut verkraftet. Ganz anders mein Dad. Ich kann sehen, wie ihm das Stück Waffel, das er gerade schlucken wollte, förmlich im Hals stecken bleibt. Und da vergeht auch mir ganz schnell das Lachen.

»Jenny! Das ist doch nicht dein Ernst?! Ich dachte, du bist eine verantwortungsvolle junge Frau, und jetzt läufst du mit Blech im Gesicht durch die Gegend. Du bist doch kein Ochse mit Nasenring! Wie willst du, dass dich damit noch jemand für voll nimmt?«

Ich kann ihn ja irgendwie auch verstehen, aber was soll ich denn sagen? Meine Argumente würde er ja doch nicht akzeptieren. Es ist mein Körper. Meine Entscheidung. Ich sage, wie er aussehen soll. Ich muss mir gefallen. Und wenn ich anders sein will, als seine gesellschaftliche Norm es für richtig hält, dann habe ich doch das Recht dazu.

Nur, dass er enttäuscht von mir ist, das tut mir leid. So bin ich normalerweise nicht.

»Hast du mal an deine Zähne gedacht?«

Meine Zähne müssen noch ganz andere Sachen über sich ergehen lassen. Aber das sage ich ihm besser nicht.

Schweigen.

Unangenehmes Schweigen.

Viel zu lange.

Luftleerer Raum.

Wenn ich nur wüsste, was gerade in ihm vorgeht.

»Hör mal, Schatz. Ich wollte eigentlich noch ein bisschen damit warten. Aber besondere Situationen erfordern besondere Mittel. Ich schlage dir einen Handel vor. Ein Freund von mir hat eine Wohnung in der Stadt, die gerade leer steht. Ich habe schon mit ihm darüber gesprochen. Wenn du möchtest, darfst du dort einziehen. Wir müssen nur die Nebenkosten zahlen. Aber im Gegenzug nimmst du das Piercing für mich heraus. Und du schreibst ein anständiges Abi.«

AAAAAAHHHHHHHHH!!!!!!!!!!!!!

Wie soll ich das beschreiben? Jeder normale Mensch kann nachvollziehen, wie glücklich er mich gerade macht. Ich flippe aus! Ich springe ihm um den Hals und veranstalte einen Freudentanz.

Happy-Dance! Happy-Dance!!!

Mein Dad ist einfach der Beste! Er war es schon immer. Er wurde nie laut, wenn ich etwas angestellt habe. Es gab keine Verbote. Es gab keine Vorwürfe. Wenn er mich in meinem Handeln beeinflussen wollte, hat er es immer auf seine eigene subtile Art getan.

Wie damals, als ich ihm Nando vorgestellt habe. Er war schon immer der Meinung, dass er nicht der richtige Freund für mich ist. Aber er hätte mir nie verbieten können, mit ihm zusammen zu sein. Er hat mir nur ein Gedicht geschrieben.

Liebesgedicht an meine Tochter stand auf dem Umschlag:

Ein ganz kleines Kind steht am Straßenrand,
noch ist es bei der Mutter an der Hand.
Plötzlich sieht das liebe Kind
einen Schmetterling, der schaukelt im Wind.
Es reißt sich los, fällt auf die Nase,
Hups, schon rennt es auf die Straße.
Die Mutter in der Ferne ein Auto sieht,
das Kind schon beim Schmetterling nieder kniet,
da reißt es die Mutter unsanft zurück –
Das Auto braust vorbei, welch ein Glück.

Das Kind ist auf die Mutter böse, und schimpft wie benommen:
»Du hast mir mein Spielzeug weggenommen!«
Die Mutter streichelt das Kind ganz zart,
»Ich hab´ dich nur vor Schaden bewahrt.«

Ein großes Mädchen am Anfang der Straße vom Leben steht,
sie kennt das Einmaleins, und was sonst vor sich geht.
Und plötzlich sieht sie einen Mann,
und dieser sieht das Mädchen an.
Wie ist das schön, wie hat sie Glück, –
es ist Liebe auf den ersten Blick.
Die Mutter, welche die Zukunft in der Ferne sieht,
und das Umfeld, und was ihrer Tochter blüht.
Sie reißt die junge Dame unsanft zurück:
»Mit ihm findest du nicht dein Lebensglück!«
Wie damals ist der Teenie böse, und schimpft wie benommen:
»Du hast mir meine große Liebe weggenommen!«
Die Mutter streichelt die Tochter zart:
»Ich hab´ dich nur vor Schaden bewahrt.«

Und was ist die Moral von der Geschicht?
Wenn man noch jung ist, sieht man die Nähe,
die Ferne nicht.

Vertraue unserer Weitsicht, Jenny,

In Liebe, Vati

Wer einmal lügt ...

Hör mal zu, du kleine Bitch: Wenn du noch einmal behauptest, dass ich dich irgendwie angefasst hätte, dann hast du sofort eine Anzeige wegen Verleumdung am Hals! Ich erwarte, dass du alles klarstellst! Und das Gleiche gilt für deine Freundin.«

Oh mein Gott. Was war das denn? Marc hat den Hörer aufgeknallt, bevor ich ihn fragen konnte, was er denn überhaupt damit meint. Wieso sollte ich behaupten, dass er mich angefasst hat? Ich kenne ihn doch kaum. Wir haben uns vor ein paar Wochen in einer Bar kennengelernt und sind dann mit einer Freundin von mir und einem Kumpel von ihm noch in seine Wohnung gegangen. Nichts Besonderes. Wir haben Bier getrunken und ein bisschen rumgealbert. Wir waren beschwipst und ich bin irgendwann mit Pia aufs Klo gegangen.

»Jenny, wir sind schon echt dumm.«

Sie sitzt auf der Toilette und wühlt sich nebenbei durch den Badezimmerschrank. *Höhlenforschung extrem,* denke ich mir und fange an zu kichern. Fast wäre ich rückwärts in die Badewanne gefallen.

»Was suchst du denn da?«

»Irgendwas, mit dem ich uns verteidigen kann. Haarspray oder so.«

»Wie willst du uns denn mit Haarspray verteidigen? Und vor was? Hast du Angst, deine Haarspitzen könnten dir die Augen ausstechen, wenn du sie nicht fest tapezierst?«

»Du bist auch so ein Opfer, Jenny. Haarspray und mein Feuerzeug. Für einen Flammenwerfer.«

Ich mag es nicht, dass sie mich Opfer nennt. Und irgendwie ist es jetzt auch nicht mehr lustig. Pia drückt die Klospülung und dreht den Wasserhahn auf. Lässt ihn laufen. Als könnte man ihr panisches Gehaspel dann draußen nicht mehr hören.

»Bist du schon mal auf die Idee gekommen, dass die zwei hier mit uns machen können, was sie wollen? Wir kennen die doch fast nicht. Woher willst du wissen, dass sie uns nicht gleich vergewaltigen, wenn wir die Tür aufsperren?«

»Hm.«

Ich warte darauf, dass ihre Panik auf mich überschlägt. Dass die Angst auch mich überfällt. Aber das tut sie nicht. Ich fürchte mich nicht. Irgendwie ist es mir egal.

Irritierend.

Ich sollte nicht mehr so viel trinken.

»Und was machen wir jetzt?« fragt Pia. »Am Ende bringen sie uns noch um.«

»Jetzt mal' nicht gleich den Teufel an die Wand. Wer sagt, dass uns überhaupt irgendwas passieren muss? Wir packen unsere Sachen und verziehen uns ganz schell. Sagen, uns ist schlecht und wir wollen nach Hause oder so.«

»O.K. Beeilen wir uns!«

Natürlich ist uns in der Nacht nichts passiert. Angst bringt einen manchmal dazu, sich dumme Sachen vorzustellen. Sich Gefahren einzureden, wo gar keine sind. In Panik malt man sich immer die größte anzunehmende Tragödie aus. Und wenn man sich noch ein bisschen mehr hineinsteigern kann, wird daraus sogar noch der Super-Gau. Die irrsinnige

Steigerung vom Superlativ. Das *schlimmsteste* vorstellbare Ende. Tödlich natürlich:

Doppelt erstochen,
dreifach erwürgt,
vierfach vergewaltigt
und am Ende in mundgerechte Stücke zerteilt.

Am nächsten Tag lachen wir dann alle darüber. Über den Psycho-Thriller in unserem Kopf. So wie Nando darüber gelacht hat, als ich ihm kurz darauf von unserer vermeintlichen Flucht erzählt habe. Es war nicht mehr als die lustige Geschichte, wie wir uns vor zwei harmlosen Teddybären gefürchtet haben.

Ich muss mit Pia sprechen.

Vielleicht weiß sie, was hier los ist.

»Pia, ich hatte gerade einen Anruf von Marc.«

»Den hatte ich auch gerade. Sag mal, tickst du noch ganz sauber? Was erzählst du denn für einen Scheiß?

»Keine Ahnung. Ich weiß ja nicht mal, worum es geht. Marc hat nur gemeint, er will mich wegen Verleumdung anzeigen und dann hat er aufgelegt.«

»Dann denk mal schön darüber nach, was du angerichtet hast. Dein Freund ist letzte Woche beim Schafkopf-Spielen total ausgerastet und hat Stühle in der Gegend rumgeschmissen. Er ist voll auf Marc losgegangen und hat behauptet, er hätte dich vergewaltigt!«

Keine Ahnung, ob das Nandos Form von Rache war. Vielleicht hat es ihm nicht gepasst, dass ich mit Pia noch zu Marc gegangen bin. Auch wenn wir alle überhaupt keine Hintergedanken hatten. Nando war schon immer extrem, wenn er von Eifersucht gepackt wird. Er behandelt mich dann wie sein Eigentum. Und mit seinem Spielzeug darf nur er spielen. Einmal hat er drei Stunden lang in der Nacht vor meiner Haustür gelauert, um zu sehen, mit wem ich nach Hause komme. Ich war mit einer Freundin im Nachtflug und weil sie den Türsteher kannte, musste ich um Mitternacht meinen Ausweis nicht abholen. Ich konnte länger bleiben. Nando hat das nicht gewusst und hätte Jasmins Freund fast zusammen geschlagen, als er mich später heim gebracht hat.

Vermutlich gibt es für einen Mann nichts Schlimmeres, als zu Unrecht einer Vergewaltigung beschuldigt zu werden. Und irgendwie fühle ich mich schuldig. Ich weiß nicht, wie ich es schaffen soll, Marc noch mit erhobenem Haupt in die Augen zu sehen. Asche klebt in meinem Haar. Und fällt staubig zu meinen Füßen. Nando hat mich zu einem Täter gemacht.

Manchmal frage ich mich, ob es vielleicht sogar Berechnung war. Jeder weiß, dass Marc mich niemals vergewaltigt hätte. Und warum sollte Nando sich so aufregen, wenn ich es bei ihm nicht so behauptet hätte? Jetzt denken alle, dass ich eine Lügnerin bin. Nando muss sich keine Sorgen mehr machen, dass ich ihn irgendwann einmal verraten könnte. Und wenn, dann wäre es auch egal. Wer sollte mir schon glauben? Mein Wort ist keinen Cent mehr wert.

Wie das Leben so spielt

Wäre mein Leben ein Theaterstück, so wäre jetzt der Zeitpunkt für den dramatischen Höhepunkt meiner Liebesgeschichte gekommen. Mein Held ist gestürzt. Er hat seinen Zauber verloren. Wo einst rote Rosen und Vergiss-mein-nicht blühten, hat sich eine Wüste ausgebreitet. Staub kratzt in meinen Lungen und der Sand brennt in meinen Augen. Es wird Zeit zu gehen. Zeit weiterzuziehen. Die Handlung hat sich zugespitzt und das Publikum hält erwartungsvoll den Atem an.

Zeit für die Eskalation. Für eine gewaltige Explosion. So laut und so stark, dass sie Mark und Bein erschüttert. Aber mein Leben ist kein Schauspiel. Kein Thriller. Und auch kein Aktionfilm. Wäre ich ein Drehbuchautor, dann hätte ich für mich eine Liebesgeschichte geschrieben, ganz nach Rosamunde Pilcher. »Es war einmal, vor langer, langer Zeit ...« würde sie beginnen. »... und alle lebten glücklich und zufrieden bis ans Ende ihrer Tage«, würde sie enden. Aber so leicht ist es nicht. Es war einmal, vor langer, langer Zeit, da hatten Märchen noch ein Happy End. Aber mein Leben ist kein Märchen und ob es für mich ein Happy End geben wird, weiß ich jetzt noch nicht. Nur eines weiß ich: Einen dramatischen Höhepunkt gibt es heute nicht. Denn nicht immer gibt es einen großen lauten Knall. Manchmal gibt es nur ein wenig kitschiges Klischee:

Genauso leise, wie sich Nando in mein Herz geschlichen hat, ist auch das Feuer meiner Liebe wieder erloschen. Die Glut ist verglüht. So ist es nun mal, wenn man nur verächtlich mit dem Stecken in das kleine Scheiterhäufchen namens

Beziehung sticht, ohne ein paar neue Holzscheite nachzulegen. Da hilft es auch nicht, mit dem Blasebalg ein bisschen abgestandene Luft hinzuzublasen. Irgendwann fehlt dir die Substanz.

Jetzt gehen wir getrennte Wege. Manchmal habe ich Angst, das Leben, das ich spiele, holt sich noch was das Drama von ihm verlangt. Dass irgendwann doch noch die große Explosion kommt und mich ein Blindgänger erwischt. Eine kambodschanische Feldmine, die darauf wartet, dass ich einen falschen Schritt gehe. Aber diese Gedanken schiebe ich dann schnell beiseite.

Ich habe mich befreit.

Und trotzdem kann ich Nando nicht hassen.

Aber jeden Tag wünsche ich mir,
dass ein anderer es für mich tut.

Frei Raum für mich

Mittlerweile bin ich schon ein ganzes Jahr in meiner eigenen Wohnung. Meine Mum hat sich am Anfang sehr dagegen gewehrt. Sie wollte nicht, dass ich ausziehe. Unsere alte Vier-Zimmer-Wohnung war groß genug für uns drei und ich bin schuld, dass jetzt ein Zimmer leer steht. Sie wollte, dass ich bei ihr bleibe. Aber sie konnte es mir auch nicht mehr verbieten zu gehen, da ich jetzt volljährig bin. Trotzdem war es ein Kampf. Sie besteht immer noch darauf, dass wir jeden Tag telefonieren. Es strengt mich an und ich weiß gar nicht, was ich ihr immer Neues erzählen soll. Ein bisschen Ruhe wäre mir lieber. Ich hoffe, es wird mit der Zeit besser.

Wir gehen fast jeden Samstag zusammen zum Kaufhof einkaufen. Sie holt mich ab, bezahlt alles und bringt mich wieder zu mir. Immer mehr und mehr wandert in den Einkaufswagen. Als wollte sie damit ausgleichen, was sie emotional verpasst hat. Aber ich bin ihr dankbar, dass sie mich unterstützt. Sie gibt mir das Gefühl, dass sie mir helfen will und sich Zeit für mich nimmt, auch wenn sie sich Harmonie erkauft. Ich glaube, sie weiß sich vielleicht auch einfach nicht besser zu helfen. Sie ist ja kein schlechter Mensch, aber seit wir mehr Freiraum von einander haben, geht es mir viel besser. Ich kann mich selbst viel besser akzeptieren. Ich stehe nicht mehr ständig unter Druck, alles richtig machen zu müssen. Perfekt zu sein. Ich muss nicht ständig ein Lächeln aufsetzen, obwohl ich einen schlechten Tage habe. So tun, als wäre ich glücklich, nur damit andere sich besser fühlen. Jetzt kann ich einfach mal so sein, wie ich bin.

Ab und zu erlaube ich mir sogar ein paar Bissen mehr, als ich bräuchte, um nicht vom Hunger erschöpft zusammenzubrechen. Dann denke ich mir, das Toastbrot wird sich schon nicht gleich von deinem Teller erheben und mit der Selleriestange gegen dich in den Krieg ziehen.

Jetzt bin ich in der Kollegstufe und habe Englisch und Sport als Leistungskurse. Aber es war der größte Fehler Sport zu wählen. Eigentlich war ich darin immer gut und hatte super Noten. Aber jetzt kann ich mit den ganzen echten Leistungssportlern um mich herum nicht mehr mithalten. Ich habe keine Wahl, ob ich Basketball, Leichtathletik, Kugelstoßen und Weitsprung mag oder nicht. Ich muss da durch, aber mir fehlt dafür die Kraft. Früher hätte ich mir eine andere Richtung ausgesucht wie Schwebebalken oder rhythmische Gymnastik. So etwas sind meine Stärken.

Als kleines Mädchen hatte ich Ballett. Mit meinem rosa Tutu aus schwebendem Tüll und meinem französisch geflochtenen Zopf habe ich stundenlang meine Pirouetten gedreht. Meine Arabesken geübt. Mit Attitude. Mit Grazie. Wie die kleine Primaballerina aus makellosem Porzellan auf dem Deckel meiner Spieluhr. Der Takt war vorgegeben. Hätte ich mir die französischen Bezeichnungen merken können, wäre ich das perfekte Püppchen gewesen.

Soubresaut,
Croisé derrière,
Effacé devant,
Pas de banque.

Nichts als leere Worte für mein kleines dummes Köpfchen. Aber Perfektion war schon damals nicht meine Stärke. Dafür habe ich immer noch ein gutes Körpergefühl.

Ich weiß, wie ich mich bewegen muss. Nur fehlen mir die Muskeln dafür. Die Ausdauer und Stärke. Schon vor dem Leistungskurs war ich immer schnell erschöpft. Oft habe ich mittags einfach eine Stunde geschlafen. Ich war so müde und kraftlos. Jetzt brauche ich noch viel mehr Energie und muss einfach essen, damit ich nicht zusammenklappe. Aber es ist in Ordnung. Im Moment denke ich auch gar nicht so viel darüber nach. Eigentlich geht es mir ganz gut. Nur manchmal fühle ich mich furchtbar einsam.

Draußen beginnt es zu regnen. Ein warmer wässriger Sommerregen. Denn wie sonst sollte Sommerregen schon sein, wenn nicht wässrig? Lau? Vielleicht. Ich öffne das Fenster und Strecke meinen Arm nach draußen. In den warmen lauen Sommerregen. Sehe wie die kleinen Wassertropfen auf meine Haut platschen. Wie sie platschen, über meinen Arm rollen und verschwinden, als wären sie nie da gewesen. Für einsame Menschen ist Regen die einzige Chance berührt zu werden.

Nach Nando war ich lange Zeit allein. Ohne Freund. Irgendwie konnte ich niemanden so richtig an mich ranlassen. Vertrauen fällt mir schwer. Berührungen fallen mir schwerer. Einem Fremdem die Hand zu geben, fällt mir am schwersten. Wer weiß, in welchen dunklen Löchern er vorher schon überall gewesen ist. Ich will nicht, dass sie mich schmutzig machen. Mich hineinziehen in den Strudel aus Dreck und vorgetäuschter Harmlosigkeit. Alles muss weiß sein. Ich hasse es Dinge anzufassen. Vor allem, solange ich nicht zu Hause bin. Treppengeländer. Knöpfe in Aufzügen. Türen öffne ich nur mit dem Ellenbogen oder einem kleinen Tritt. Handschuhe gehören zu meiner Grundausstattung.

Irgendwann habe ich doch einen lieben Menschen kennengelernt. Ganz unerwartet.

Leevi.

Wir sind sogar zusammengekommen. Ich hatte ihn gern. Aber ich habe es nicht geschafft, ihn an mich ranzulassen. Wir waren schon sieben Wochen zusammen, aber ich hab es nicht übers Herz gebracht, mit ihm zu schlafen. Dann haben wir uns getrennt. Schade, ich mochte ihn. Manchmal bauen wir Mauern um unser Herz. Vielleicht nicht um andere draußen zu halten. Wir wollen nur sehen, wer sich genügend Mühe gibt, sie einzureißen.

Meine Mutter hatte wohl recht, als sie mir damals gesagt hat, dass ich einen Mann nicht halten kann, wenn ich nicht mit ihm schlafe. Welch traurige Wahrheit. Ich will nicht allein sein. Ich habe Angst davor, allein zu bleiben. Ich will später nicht einsam sterben. Unbemerkt. Die Japaner haben sogar einen Begriff dafür. *Kodokushi*. Es bedeutet *einsamer Tod*. Das gerichtsmedizinische Institut von Tokyo hat angegeben, dass es im Jahr 2008 bei ihnen 2.211 Menschen gegeben hat, die allein in ihrer Wohnung gestorben sind. Manche sind erst nach Monaten gefunden worden. Die Zwangsräumung stand vor der Tür, da keine Miete mehr gezahlt wurde.

Ich hoffe so sehr, dass ich mein Herz wieder öffnen kann. Ich möchte nicht, dass ich am Ende meines Lebens als halb verweste Leiche von meinen Nachbarn gefunden werde.

Ich hoffe, dass mich jemand vermissen wird.

Eigentlich wünsche ich mir nichts mehr, als einfach nur im Arm gehalten zu werden.

Glücklich zu sein.

Das Leben zieht so unglaublich schnell an mir vorbei. Es sagt zu mir: »Halte einen Moment inne, um mich zu spüren. Lerne zu lieben, was du hast. Die Zeit wird dich sonst lehren zu lieben, was du hattest. Sie rinnt dir davon. Rinnt durch deine Finger. Und wenn deine Finger dünn sind, dann rinnt sie noch viel schneller.«

Endlich oder Unendlich?

Dass ich mich so kurz darauf tatsächlich schon mit Krankheit und der Angst vor dem Tod auseinandersetzten muss, hätte ich nicht gedacht. Mein Dad hatte schon immer Probleme mit dem Herz. Als ich sieben Jahre alt war, hatte er einen Herzinfarkt. Damals habe ich noch nicht richtig verstanden, wie kurz davor ich war, ihn zu verlieren, aber heute weiß ich, wie schlimm es wieder um ihn steht. Irgendwann musste es so kommen. Sein Lebensstil ist so ungesund wie der eines achtjährigen Bergarbeiterkindes in Zeiten der industriellen Revolution. Stress und schlechte Ernährung. Zwei Schachteln HB jeden Tag rächen sich auch irgendwann. Wer hätte das gedacht? Es ist ja nicht so, als hätte es keine Vorzeichen gegeben. Immer wenn er mich besucht, vergeht eine halbe Ewigkeit, bis er die Treppen zu mir in den fünften Stock schafft. Nach jeder Etage eine kleine Pause zur Erholung. Und nachts kann er nur auf der rechten Seite richtig schlafen – wenn das Herz oben ist und leichter pumpen kann. Ich dachte eigentlich immer, das Herz ist in der Mitte der Brust und nur die Spitze zeigt nach links. Aber was weiß ich schon.

Die nächsten 14 Tage muss er in einer Spezialklinik für Herz- und Gefäßchirurgie bleiben. Sein Zustand ist sehr schlecht. Aber Weihnachten steht vor der Tür. Heiligabend. Die Erde hat keinen Not-aus-Schalter. Sie dreht sich weiter, auch wenn sie stehen bleiben müsste. Mum, Dominik und ich bringen ihm seine Lieblingsplätzchen und ein bunt verpacktes Päckchen mit einer großen grünen Schleife.

Grün für die Hoffnung. Die Stimmung auf der Station ist deprimierend. Patienten vegetieren vor sich hin. Ich fühle mich wie im Hospiz. Trostlos wie in einem Endzeit-Film.

Der Kampf ums Überleben ist immer dein letzter.

Wir sind die einzigen Besucher und ich frage mich, wie Menschen so grausam sein können, ihre Angehörigen an Weihnachten allein vergammeln zu lassen. Ich leide mit ihnen. Einsamkeit ist schlimmer als der Tod. Die meisten Kranken hier sind nicht aus der näheren Umgebung, aber eine Entschuldigung ist das für mich nicht.

Wir haben einen kuscheligen Strickpulli für meinen Dad gekauft. Aber er möchte ihn nicht hier behalten. Wir sollen ihn schon mal mit nach Hause nehmen. Nicht, dass er ihm nicht gefallen würde – er weiß nur, dass die anderen Patienten keinen Besuch und keine Aufmerksamkeiten bekommen haben. Er möchte nicht, dass sie traurig sind, wenn sie sehen, dass es für ihn Geschenke gibt. Nur die Plätzchen dürfen bleiben. Die kann man gut teilen.

Was für eine traurige Welt und mein Dad ist einfach zu gut für sie. So viel Mitgefühl. Gedankenverloren knabbere ich auf einem Butterplätzchen herum. Mist. Wenn es geht, werde ich es bald wieder los.

Irgendwie habe ich schon fast damit gerechnet, dass bald irgendein Scheiß passieren wird. Ich hätte im Moment genügend andere Sachen im Kopf. Ich will dieses Jahr mein Abi schreiben. Aber jetzt fällt es mir schwer, mich auf die Schule zu konzentrieren. Ich habe schon die wenigsten Pflichtstunden, die man überhaupt nur haben kann. Dienstags habe ich sogar nur zwei, aber trotzdem lasse ich einfach den ganzen Tag ausfallen, wenn ich keine Lust habe für Bio und Sozialkunde extra aufzustehen. Nachdem ich jetzt endlich 18 bin, kann ich mir meine Entschuldigungen selber schreiben. Wir haben ein bestimmtes Kontingent an Fehlstunden, das wir nicht überschreiten dürfen. Sonst gibt es Attestpflicht. Ich bin schon lange drüber, aber es beschwert sich niemand. Die Direktorin weiß, dass ich mit meinem Dad gerade keine leichte Zeit habe, und drückt ein Auge zu.

Letzte Woche habe ich eine Chemieklausur geschwänzt. Beim Aufstehen ist mir schwindlig geworden. Mein ganzes Schlafzimmer hat angefangen, sich um mich zu drehen. Ein buntes Karussell – nur ohne die weiß lackierten Ponys mit ihren Regenbogenmähnen, auf denen man über Lichterketten reiten kann. Ohne Kinderlachen und den Duft von gebrannten Mandeln, den ich eigentlich immer noch liebe. Ich habe beschlossen, diesen Tag auf den Nächsten zu verschieben. Aber ich bin nicht drum herumgekommen die Klausur nachzuholen. Ich war allein mit meinem Chemielehrer im Saal und der Zeiger der Uhr neben dem überdimensionalen Periodensystem an der Wand stand schon längst kurz nach 12.

»Bist Du fertig, Jenny? Kannst Du abgeben?«

»Fertig bin ich noch nicht, aber abgeben kann ich trotzdem. Ich weiß eh nicht mehr weiter.«

Da hat er sich zu mir gesetzt. War nett zu mir. Er hat mir geholfen, noch ein paar Aufgaben schnell irgendwie zu beantworten. Punkte zu sammeln.

So schlimm, wie manche behaupten, sind unsere Lehrer nicht. Es sind auch nur Menschen.

Aber das in jeder Beziehung.

Es gab in meinem Astronomiekurs ein Projekt, bei dem wir mit dem Teleskop der Schule Sterne beobachten wollten. Ich liebe Astronomie. Ich bin eine der vier Freiwilligen. Wir stehen in sternenklarer Nacht um 3:30 Uhr auf dem Dach vom Hauptgebäude und suchen unsere Sternbilder erst auf der Karte, dann am Firmament. Dem allüberfassenden Himmelszelt, das jeden ersten Mittwoch im Monat von kleinen Engelchen gewartet wird. Die Sterne funkeln und das tun sie nur, wenn Störungen in der Luft liegen. Sonst würden sie nur leuchten.

Ich habe im Januar Geburtstag und bin die Erste.

Steinbock.

Capricornus.

Wenn die Bahn der Sonne in ihrem tiefsten Punkt mein Sternzeichen durchschreitet, markiert sie die Wintersonnwende. So war es zumindest im Altertum.

Ich bin fertig. Damit mir beim Warten auf die anderen nicht langweilig wird, will mein Astronomielehrer mir eine Sternenkonstellation im Westen zeigen. Etwas Besonderes, sagt er. Aber von meinem Platz aus kann ich es nicht sehen. Das Nachbarhaus steht zu nahe und verdeckt den unteren Teil. Ich müsste noch ein Stück zurück, noch ein klein wenig. Aber ich bin schon fast am Rand vom Dach und hinter mir steht noch Herr Reinhardt. Weiter hinter kann ich nicht. Ich tapse auf meinen Zehenspitzen. Versuche, mich größer zu machen als ich bin, um noch ein bisschen besser sehen zu können. Da lacht er und zieht mich zu sich nach hinten. Ganz nah an sich heran.

»Jetzt kannst du besser sehen.«

Ich kann mich gar nicht mehr darauf konzentrieren, was er mir noch alles erzählt. Über die Welt und unser unendliches Universum. Ich kann nur an die Arme denken, die er um meinen Bauch geschlungen hat. Ich kann ihn hinter mir spüren.

Ist das noch normal oder bin ich viel zu empfindlich?

Ich kann gar nicht mehr auseinanderhalten, was in Ordnung ist und was zu weit geht. Er hat es bestimmt nicht so gemeint. Vielleicht tut es ihm im Nachhinein auch leid. Eine Woche später bekomme ich für mein Referat volle 15 Punkte. Trotz inhaltlicher Defizite.

Irgendwie rutsche ich immer so durch.

Wenn man sich meine Noten anschaut,

habe ich mehr Glück als Verstand.

Gefügig fickt sich besser

Bevor ich erklären kann, warum ich nachts immer noch gefickt werde, auch wenn Nando schon lange nicht mehr da ist, wollte ich unbedingt etwas Schönes über mein Leben schreiben. Zeigen, dass ich auch glücklich sein kann. Beweisen, dass es mir gut gehen kann und dass es auch schöne Momente für mich gibt. Und weil ich nicht einfach eine Geschichte erfinden wollte, in der ich barfuß im roten Leinenkleid von meinem furchtlosen Krieger über goldene Weizenfelder in den Sonnenuntergang getragen werde, hat es ein bisschen länger gedauert.

Aber jetzt bin ich so weit. Jetzt bin ich bereit dafür. Bereit für drei einfache Worte, die in ihrer Trivialität gar nicht ausdrücken können, wie bedeutend ihr Inhalt für mich ist:

Ich. Bin. Verliebt.

Nicht über Nacht. Und es war auch keine Liebe auf den ersten Blick. Ganz im Gegenteil. Wir kennen uns schon lange. Vielleicht fällt es mir deshalb so viel leichter, mich wieder auf jemanden einzulassen. Weil er kein Fremder für mich ist. Ben, der große Bruder meiner besten Freundin. Wir haben uns nie gesucht und sind uns trotzdem immer nähergekommen.

Wenn wir an den Wochenenden alle zusammen in der Stadt waren, wurde er zu meinem Beschützer. Vor Männern mit aufdringlichen Händen oder vor mir selbst mit meiner Leichtsinnigkeit. Er wurde die sichere Schulter, an der ich meinen Weg nach Hause gefunden habe.

In meiner Welt verliebt man sich in Helden.

Sie sind echter als Märchenprinzen. Und stärker.

Unser erster Kuss war wohlüberlegt.

Nicht aus einer Laune.

Nicht spontan.

Denn wir haben zu viel zu verlieren.

Der erste Kuss besiegelt die Ewigkeit.

Und trotzdem ist der Einsatz unseres zauberhaften Spiels, das sich Liebe nennt, hoch. Meine Freundschaft zu Ina ist mir wichtig. Auch wenn etwas zwischen Ben und mir schiefgehen sollte, darf nichts zwischen mich und sie kommen.

Ganze Tage sitze ich gedankenverloren am Fenster und frage mich, welche feinen Räder sich in einem Menschen drehen müssen, damit wir ihn mit anderen Augen betrachten können. Damit wir den leuchtenden Schein sehen, der sich unter einer Hülle von Unscheinbarkeit verbirgt. Oder die modrige Fäulnis, die sich unter kalthäutiger Oberflächlichkeit versteckt. Was muss passieren, um den einen lieben zu lernen und den anderen immer mehr mit Verachtung zu strafen?

Vor mir sehe ich, wie der Himmel aufreißt und die Sonne mit stählerner Gewalt durch die felsigen Wolken bricht. Als wollte sie mir sagen, es ist an der Zeit, aus dem Schatten zu treten und ins Licht zu gehen. Einen neuen Schritt zu wagen. Leise Schritte. Kleine Schritte. Auf gebrechlichen Beinen. Aber Schritte nach vorn. Die Sonne in meinem Rücken ist es, die Scherben auf meinem Weg in glitzernde Edelsteine verwandelt und mich blendet, beim kleinsten Versuch, einen traurigen Blick auf meine verfallende Vergangenheit zu werfen. Sie zwingt mich, nach vorne zu sehen, weil sie nicht möchte, dass ich mich an die Abgründe meiner Seele klammere.

Nur wer loslässt, kann frei sein.
Nur wer ein Stück seiner selbst aufgibt, kann lieben.
Nur wer Sex hat, wird nicht verlassen.

Wenn ich betrunken bin, fällt es mir leichter. Immer wieder sage ich Ben, dass mit mir alles in Ordnung ist. Aber er hat mich zu viele leise Tränen weinen sehen, um mir noch ein weiteres Mal zu glauben. Er versucht, einfühlsam zu sein. Versucht, zu verstehen, was mit mir los ist. Aber gleichzeitig ist er auch fordernd. Er will mehr, als ich ihm geben kann. Ich bin wütend, weil es nicht reicht, sich ficken zu lassen, ich soll auch noch Spaß dabei haben. Ich soll mich entspannen und unsere Nähe genießen. Ganze Ozeane liegen bei mir zwischen Vögeln und Vergnügen, aber wie soll das jemand verstehen, für den *Liebe machen* die schönste Nebensache der Welt ist. Ich komme nicht darum, ihm die Wahrheit zu verraten, meinen Selbstschutz abzulegen und ihm einen Einblick, in meine verletzte Seele zu gestatten. Ich muss mein Geheimnis verraten und ihm erzählen, was damals mit Nando passiert ist. Nicht alles – nur so viel, dass er mich verstehen kann. Ich muss ihm eine Erklärung geben, warum Sex mit mir einfach anders ist und warum ich nachts immer wieder in kaltem Schweiß gebadet aus dem Schlaf schrecke. Dann, wenn die Vergangenheit mich einholt wie eine Endlos-Schlaufe.

Am Anfang waren meine Träume immer gleich. Nacht für Nacht hat Nando mich im Schlaf gefickt. Es hat mich wahnsinnig gemacht, weil ich kaum zwischen Traum und Realität unterscheiden konnte. Es war zu echt. Zu real. So lange bis Morpheus mich erlöst und Nando aus meinen Träumen gestrichen hat. Aber die Götter lassen sich jeden noch so kleinen Gefallen teuer bezahlen. Jetzt schickt er mir andere Bestien, die ihren Spaß mit mir haben. Ich könnte ein ganzes Buch darüber schreiben, auf wie viele verschieden Arten ich nachts schon vergewaltigt wurde.

Nachts erwachen sie zum Leben. Die dunklen Gestalten, die mehr Macht über mich haben als Marionettenspieler über ihre Puppen. Sie halten mich gefangen, in einem heruntergekommenen Haus. Irgendwo am Ende der Welt. Mauern aus Angst schlucken stumme Schreie. Aber ich bin nicht allein. Ein ganzer Keller voll namenloser Mädchen gehalten wie Vieh, zur allgemeinen Befriedigung unzähliger Schwänze. Weniger menschliche Wesen als fleischliches Spielzeug, mit dem sie machen können, was ihnen gerade beliebt. Sadismus macht erfinderisch, übertrifft sich in seiner Perversion meistens selbst und endet zunehmend tödlich. Für die Schwächeren. Ein natürlicher Verschleiß ist nicht zu verhindern, wenn nicht sogar gewollt, denn täglich wird für Nachschub gesorgt. Langeweile ist mieses Entertainment. Es stinkt nach faulem Fleisch und verbrannten Haaren. Macht wird genauso schmerzlich demonstriert wie Grausamkeit. Sie wollen dich brechen, denn nur harte Tatsachen machen gefügig.

Und gefügig fickt sich besser.

Sie lachen und nehmen einen kleinen wimmernden Hund, setzen ihm im Nacken einen rostigen Spachtel an und schlagen diesen mit dem dumpfen Schlag eines Hammers durch sein Genick. Zur Veranschaulichung, was passieren kann, wenn man versucht seinem Schicksal zu entfliehen. Das warme Blut spritzt mir dabei mitten ins Gesicht und ich muss mich sofort übergeben. Auch wenn das Einzige, das sich in meinem Magen befindet, Unmengen an Sperma ist.

Ich wache auf.

In Sicherheit.

Für die Länge eines Tages.

Und wenn ich abends meine Augen schließe, dauert es keine halbe Ewigkeit, bis die Müdigkeit mich niederdrückt und ich mich im nächsten Albtraum wiederfinde. In den grün gefliesten Duschräumen einer Psychiatrie. Oder ist es ein Schlachthaus? Ich kann es nicht sagen.

Nacktheit ist der schwerste Stoff, den ich tragen kann.

Schwere Ringe halten die schneidenden Fesseln meiner brechenden Handgelenke. Gerade so tief, dass meine Zehenspitzen nicht der Boden unter den Füßen verlieren. Wasser tropft von den spiegelnden Wänden. Wie in einer feuchten Grotte. Ein riesiger Raum und kein Ende in Sicht. Kein einziger Tisch oder Schrank oder Stuhl, hinter dem man sich hätte verstecken können. Nur knisternde Leere. Flackernde Neonlampen werfen den harten Schatten meiner Silhouette auf den Boden, dort, wo das Wasser rot gefärbt in kleinen Bächen dahin rinnt. Das Klatschen jedes Schlages hallt nach wie ein Echo, um mich daran zu erinnern, dass es noch lange nicht vorbei ist.

Bitte bleib bei mir

Der kolloidosmotische Druck ist ein Sog, der das Wasser in den Blutgefäßen unseres Körpers hält und verhindert, dass es austritt, um sich außerhalb als freie Flüssigkeit anzusammeln. Wichtig, um diesen Druck aufrechtzuerhalten, ist das Protein Albumin. Aus diesem Grund achte ich darauf, keinen Eiweißmangel zu bekommen. Denn ich möchte nicht aussehen wie ein hungriges Kind der dritten Welt mit einem großen Wasserbauch. Dafür esse ich alle drei Tage ein hart gekochtes Ei. Natürlich kein ganzes, denn das Albumin ist im Eiweiß. Das Eiweiß hat etwa 16 Kalorien und das Eigelb hat ganze 68 Kalorien. Darauf kann ich verzichten. An den Tagen, an denen ich kein Ei esse, trinke ich ein kleines Glas Kaba oder esse ein bisschen Magerquark. Drei flache Esslöffel, die ich ganz langsam Schicht für Schicht hinunter lutsche. Ich möchte nicht, dass meine Muskeln oder meine Knochen abgebaut werden. Umso mehr Muskeln ich habe, umso höher ist auch mein Grundumsatz und ich verbrenne mehr Energie. Ich habe Angst, zu früh Osteoporose zu bekommen. Wenn ich mich dazu zwinge, mich an meine Regeln zu halten, habe ich ein besseres Gewissen.

Mein Körper ist undankbar und beschwert sich trotz meines Entgegenkommens noch mit Wadenschmerzen und meiner ständigen Müdigkeit. Mit Kopfschmerzen und einem stolperndem Herz. Mit Schwindel und Orientierungslosigkeit. Zeit ist Schall und Rauch. Eine Uhr kann ich nicht tragen, weil ihr Gewicht meinen Arm immerzu nach unten zieht. Wenn ich könnte, würde ich den ganzen Tag eine Halskrause tragen, weil mein Kopf zu schwer auf meinen

Schultern lastet und ständig droht, zur Seite zu kippen. Meine Stille störe ich selbst. Aber wie heißt es so schön? Magenknurren ist nur ein letzter Hilfeschrei der Fettpölsterchen. Ich werde kein Erbarmen zeigen, auch wenn ich einsehen muss, dass es auch für mich Grenzen gibt.

Mein Dad war wieder eine gute Weile zu Hause und ich dachte, es würde mit ihm aufwärts gehen. Aber seit drei Wochen ist es noch viel schlimmer geworden und jetzt liegt er auf der Intensivstation. Jeden Tag besuche ich ihn dort mit meiner Mum. Ohne sie würde ich es nicht schaffen. Mit der Schule kann ich es mir am Nachmittag besser einrichten als Dominik, der gerade eine Ausbildung angefangen hat und länger arbeiten muss. Ich bin meiner Mum so dankbar, dass sie mich Tag für Tag begleitet, auch wenn sie schon längst keine Verpflichtung mehr dazu hätte. Immerhin sind die beiden geschieden.

Ich hasse das Zentralklinikum. Mein Dad hat das letzte Zimmer auf der Intensivstation und wenn ich zu ihm gehe, muss ich an den ganzen anderen Patienten vorbei. Schummeriges Licht. Die Zimmertüren sind wegen der ständigen Überwachung und Pflege nie geschlossen, sodass man das Leid jedes Einzelnen sehen kann. Am liebsten würde ich die Augen schließen, während ich den Gang hinunter gehe. Überall stehen die Monitore zur Überwachung von Puls und Herzaktivität. Ich kann das leise Piepen hören. Die Schläuche kommen direkt aus den Unterarmen der Patienten und verschmelzen Mensch mit Maschine. Leise aber stetig tropfen die Infusionen. Flüssige Nahrung wird ihnen in die Venen gepumpt, ohne dass sie etwas dagegen tun können. Keinerlei Selbstbestimmung. Die stärksten Patienten bekommen Schnabeltassen wie kleine Kinder. Das Leben wird bestimmt vom Kommen und Gehen der Ärzte. Wie duscht man, wenn man sich nicht bewegen kann? Wer rasiert meinem Dad sein Gesicht? Ist es immer die gleiche Schwester? Ist sie nett zu ihm? Auch wenn sein Körper gerade nicht mitmacht, er selbst ist doch noch da. Die ersten Tage konnte er noch mit uns sprechen. Es hat ihn angestrengt, aber er hat mir erzählt, dass sich alles ändern wird, wenn das hier vorbei ist. Dann hat er meine Hand genommen und mich angelächelt.

Es lag noch so viel Hoffnung in seinen Augen.

Jetzt kann ich sie nicht mehr sehen.

Ich weiß nicht, wo er gerade ist. Bei uns oder an einem anderen Ort. Vielleicht denkt er gerade über sein Leben nach. Die alte Zeit. Er hat in Pforzheim Gemmologie studiert und war mit seinen Kommilitonen oft bis spät in der Nacht unterwegs. Wenn er müde nach Hause gefahren ist, schlief er das ein oder andere Mal beschwipst auf seinem Mofa ein und landete im Straßengraben, wo er bis zum nächsten Morgen seinen Rausch ausgeschlafen hat. Vielleicht lacht er gerade innerlich darüber. Ich hoffe es.

Er soll nicht mitbekommen, was gleich mit mir geschehen wird. Es macht mich ganz fertig, wie er da so liegt, und sich nicht mehr rührt. Sein Zustand hat sich stark verschlechtert. Sein ganzer Körper ist jetzt aufgequollen, als würden sich in ihm schon Gase der Verwesung bilden. Er ist heiß, aber seine Hände haben die Schwestern in dicke Wattebäusche gehüllt, weil er sonst zu frösteln scheint. Die Ärztin ist gekommen, um mit uns zu sprechen. Ich stehe am Fußende des Bettes und gebe mir jede Mühe, mich auf ihre Worte zu konzentrieren, aber ich kann ihr einfach nicht mehr folgen.

Sie verschwimmt vor meinen Augen. Ich kann sie nicht mehr fokussieren. Es fühlt sich an, als wäre ich auch in Watte gepackt. Die ganzen Stimmen und Geräusche um mich herum verschwimmen zu einem dumpfen Sumpf. Mir wird schwindlig. Ich versuche noch, nach hinten zu greifen, um mich an der Fensterbank abzustützen, da klappe ich auch schon zusammen. Wie ich auf dem Boden aufschlage, spüre ich schon gar nicht mehr. Vielleicht hält mich auch jemand. Ich weiß es nicht.

Als ich wieder zu mir komme, bin ich noch ganz benommen. Ich sitze auf dem grünen Stuhl, der gerade noch so weit von mir entfernt war, und vor mir kniet ein junger Arzt in seinem weißen Kittel. Er hält meine Beine weit nach oben, damit das Blut zurück fließen kann. Er sagt irgendetwas zu mir, gibt meine Beine an eine Schwester weiter und verlässt den Raum.

Mein Schicksal lacht Tränen der Ironie, weil ich ausgerechnet auf einer Intensivstation zusammenbreche.

Ich kann nicht einmal sagen, ob es ein Hilfeschrei meines Körpers oder meiner Seele war. Niemand hat meine Schwäche hinterfragt. Jeder hatte Verständnis für mich, denn sie wissen, wie sehr ich meinen Vater liebe und wie schwer es mir fällt, ihn so zu sehen.

Drei Tage später küsst ihn der Tod.

Goldene Blätter fallen im Herbst

Manchmal, wenn ich in meinem Bett liege, spüre ich, wie mein Herz immer langsamer schlägt. So wie ich, ist es müde. In meinen Gedanken sehe ich die goldenen Blätter von den Bäumen im Park fallen. Dort, wo wir als Kinder mit meinem Dad im Herbst Stöcke nach Kastanien in die Baumkronen geworfen haben. Die Blätter lassen einfach los, lassen sich fröhlich treiben und während sie zum Boden gleiten, sind sie schwerelos für eine kurze Zeit. Wenn sie Glück haben, bringt ein Windhauch sie ein letztes Mal zum Tanzen. Der kurze Augenblick der Freiheit. Ein Atemzug der Welt verweht sie sanft bevor die Schwere der Erde sie zu Boden drückt. Bis der Winter kommt und sie mit seiner kalten Schicht aus Eis und Matsch, der von den schmutzigen Straßen quillt, begräbt. Ich spüre, wie mein Atem immer langsamer wird. Soll meine Erde doch noch still stehen? Mehr und mehr Zeit vergeht zwischen dem Moment, in dem sich meine Lunge mit der trockenen Luft aus meinem Zimmer füllt, und dem Moment, an dem ich merke, dass ich wieder ausatmen muss. Soll ich loslassen für einen letzten Tanz mit der Leichtigkeit? Ich würde so gerne, so kurz war ich davor. Doch dann reißt mich die bittere Angst vor dem Matsch, der mich begraben wird, nach oben. Wie bei einem aufgeschrecktem Tier, das Angst hat vom Wolf zerfetzt zu werden, schüttet mein Körper Tonnen von Adrenalin aus und mein Herz beginnt wieder heftig zu schlagen. Zu pulsieren. Es rast so sehr, dass ich meine, es sprengt sich aus meiner Brust. Nein, so einfach ist es nicht. So einfach lässt die Welt mich nicht gehen. Ich gehöre ihr und sie kann mit mir machen, was sie will. Ob es mir gefällt oder nicht.

Das Monster in uns

Man sagt, was dich nicht umbringt, macht dich stark. Aber so ist es nicht. Es macht dich nicht stark, sondern du wünscht dir, es hätte dich umgebracht.

Man sagt, Hass hinterlässt hässliche Narben und von Liebe bleiben schöne. Aber erinnern dich nicht alle Narben an den Schmerz von einst und verbleiben als dunkles Siegel deiner Vergangenheit? Als stumme Zeugen verharren sie auf deinem Körper und wie Pech kleben sie schwarz auf deiner Seele.

Man sagt, die Zeit heilt alle Wunden. Es ist schon so viel Zeit vergangen – doch noch immer lecke ich die Meinen. Ich bin 23 Jahre alt. Ich habe Sonnen aufgehen sehen. Und Monde unter. Ich habe Ebben kommen sehen. Und Fluten gehen. Ich habe Sommer brennen sehen. Und Winter erfrieren. Ich habe Freudentränen gelacht und bittere lächelnd geschluckt.

Aber nach all der Zeit konnte ich Nandos Dreck auf mir noch immer nicht abstreifen. Und noch immer werde ich von Selbstvorwürfen getrieben.

Als ich ein kleines Mädchen war, hatte ich Angst, ein Monster könnte unter meinem Bett hausen, und nicht die kleinste Zehenspitze durfte unter der Federdecke hervorspitzeln. Schon gar nicht über die Kante meines Bettes hinausragen. Heute bin ich ein großes Mädchen und weiß, dass die Monster nicht unter unseren Betten leben. Sie stecken ganz tief in uns und ein besonders schreckliches schlief Nacht für Nacht an meiner Seite. Kleine Mädchen kreischen wenn sie Angst haben, ein Monster könnte sie verschlingen. Sie sind schlau und haben einen guten Überlebensinstinkt: Quietschen und kreischen so lange und so laut, bis jemand sie in den Arm nimmt und vor dem Bösen mit all seinen Gefahren beschützt.

Ich wünschte, ich hätte auch geschrien, als Nando mir sein Monster gezeigt hat. Aber ich habe mir nicht erlaubt, mich zu wehren. Ich habe meinen Körper geopfert, damit alles, was von mir übrig bleibt, wenn ich meine Hülle subtrahiere, nicht zerbrechen muss. Ich habe es ihm so leicht gemacht. Ich bin genauso schuld wie er, dass alles so passieren konnte.

Und jetzt plagen mich immer wieder die gleichen Gedanken. Die gleichen Fragen, auf die ich keine Antworten finden kann, die mich aus meiner Schuld erlösen könnten. Ich habe Gott darum gebeten, mich freizusprechen. Ich habe angefangen, in der Bibel Trost zu suchen, aber die Worte, die ich gefunden habe, waren hart und wenig tröstlich:

5. Buch Mose, Kapitel 22, Vers 23-26 (ELB):

Wenn ein Mädchen, eine Jungfrau, einem Manne verlobt ist, und es findet sie ein Mann in der Stadt und liegt bei ihr, so sollt ihr sie beide zum Tore selbiger Stadt hinausführen und sie steinigen, daß sie sterben: das Mädchen deshalb, weil sie nicht in der Stadt geschrien hat, und den Mann deshalb, weil er das Weib seines Nächsten geschwächt hat. Und du sollst das Böse aus deiner Mitte hinwegschaffen.

Wenn aber der Mann das verlobte Mädchen auf dem Felde findet, und der Mann ergreift sie und liegt bei ihr, so soll der Mann, der bei ihr gelegen hat, allein sterben. Aber dem Mädchen sollst du nichts tun, an dem Mädchen ist keine Sünde zum Tode; denn gleichwie ein Mann sich erhebt wider seinen Nächsten und ihn totschlägt, also ist diese Sache.

So eine klare Antwort musste ich erst mal schlucken. Die Menschen aus dem alten Testament hätten mich also gesteinigt, weil ich mich nicht gewehrt habe.

Manchmal wünsche ich mir, Nando hätte es richtig getan. Keine halben Sachen. Wäre er roh und brutal gewesen, könnte ich es jetzt viel besser für mich akzeptieren. Wäre er nicht so ein verdammter, scheinheiliger Heuchler gewesen, hätte ich mich vielleicht sogar gewehrt. Mit Händen und Füßen und ich hätte geschrien, als ob es keinen Morgen mehr gibt. Aber den Gefallen hat der Feigling mir nicht getan und jetzt muss ich mit meiner Schuld selber klar kommen.

Jetzt habe ich ein eigenes kleines Monster und es kämpft in mir. Zerfetzt mich, zerrt an meinen Nerven und kreischt. Es macht mir immer wieder Vorwürfe. Fragt mich, wie ich es zulassen konnte und kotzt sich aus – spuckt Gift und Galle, wenn ich versuche, nicht so hart mit mir selbst zu sein. Ich will es nicht mehr hören. Am liebsten würde ich es erschlagen und ihm den Hals umdrehen, aber es ist ein Teil von mir und wird es immer bleiben.

Gefährlichkeiten

Wenn ich abends nach Hause laufe, zieht es mich immer durch die dunkelsten Gassen und kein Feldweg kann mir einsam genug erscheinen. Die schwärzesten Hinterhöfe rufen verführerisch meinen Namen.

»Jenny, Jenny komm näher. Wir tun dir nichts. Du kannst uns vertrauen. Komm, Jenny, komm!«

Hinterhältige Sirenen. Wenn sie können, bieten sie auch denen ein Versteck, die nichts Gutes mit mir im Sinn haben. Und trotzdem kann ich ihnen nicht widerstehen. Ihrem betörenden Gesang. Ich werde von ihnen angezogen wie Motten vom Licht. Im Glas der surrenden Straßenlaterne vor mir liegt ein ganzes Meer an Leichen der kleinen staubigen Flattermänner. Ein Mahnmal. Aber nicht mahnend genug.

Meine Mum hat einmal gesagt: »Wenn Frauen vergewaltigt werden, sind sie meistens selbst daran schuld.« Früher habe ich mich sehr über ihre Worte geärgert. Heute kann ich sie ein Stück weit verstehen. Denn immer wieder bringe ich mich absichtlich in Gefahr. Ich flirte mit fremden Männern, obwohl sie mich nicht interessieren. Verhalte mich verführerisch. Leichtsinnig. Und provokativ.

Manche Frauen achten darauf, immer schöne Unterwäsche zu tragen, für den Fall, dass sie einen Unfall haben. Ich achte darauf, immer schöne Unterwäsche zu tragen, für den Fall, dass ich vergewaltigt werde.

Ich komme einfach nicht damit klar, dass ich mich damals nicht gewehrt habe. Der Gedanke, dass ich mich vielleicht besser fühlen könnte, wenn ich richtig vergewaltigt worden wäre bleibt. Er verspricht mir Erlösung, wenn ich das Ganze hinter mich gebracht habe. Seelenfrieden. Ich will endlich damit abschließen. Es wäre fairer von Nando gewesen, er hätte Nägel mit Köpfen gemacht. Jetzt muss ein anderer zu Ende bringen, was er angefangen hat. Ich weiß – mein Verhalten ist krank und dumm und abartig.

Es ist gefährlich zu provozieren.

Unberechenbar.

Ein unbedachtes Lächeln kann tödlich sein.

Psychopathen schicken keine rosafarbene Einladung zu deiner Vergewaltigung. Aber immerhin wirst du höflich darauf hingewiesen, dass du wählen darfst:

Gefickt werden oder sterben.

Weglaufen ist keine Option.

Und wenn du denkst, du nimmst das erste Angebot, dann bekommst du eigentlich das zweite gratis mit dazu. Ein Teil von dir stirbt immer. Denn der Teufel ist ein Eichhörnchen und das Kleingedruckte wird mit unsichtbarer Tinte geschrieben.

Mittlerweile sind Ben und ich zusammengezogen. Wieder raus aus der Stadt. Nur ein paar Hundert Meter entfernt von unserer Wohnung wurde ein Mädchen nachts auf dem Weg nach Hause von einem 17-Jährigen angegriffen. Er hat ihr so lange mit den Schuhen ins Gesicht getreten, bis sie bewusstlos wurde. Danach hat er sie hinter eine Garage geschleppt, missbraucht und vergewaltigt. Weil sie noch leise geröchelt hat, hat er sie mit bloßen Händen erwürgt. Zehn Jahre Jugendstrafe ist das Urteil. Justitia ist blind. Wenn er 27 Jahre alt ist, kann er sein Leben wieder von vorne anfangen, als ob nichts gewesen wäre. Vielleicht bekommt er ein großes Stück Kernseife im Knast geschenkt, aber das war es dann auch schon wieder. So ist unsere Welt. In ihr dürfen kleine Jungs Regenwürmer mit Steinen zerquetschen. Oder Spinnen die Beinchen ausreißen. Und die Mütter lachen über die Streiche ihrer kleinen Prinzen, denn sie sind doch nur Kinder und wissen nicht, was Recht und Unrecht ist. Und wenn sie in die Schule kommen, binden sie ihr Meerschweinchen mit einem Stück Wäscheleine an den Baum und schlagen so lange mit dem gelben Spielzeug-Lkw auf seinen kleinen Kopf, bis auch das letzte Stückchen Hirn auf die umliegenden 7,5 m^2 Gänseblümchenwiese verteilt ist. Und dann werden sie groß. Aber keiner hat ihnen gesagt, dass man anderen nicht wehtun darf. Und keiner wird sie aufhalten, dem Mädchen von der Käsetheke nachts hinter dem Laden ein Messer in den Bauch zu stecken. Oder einen Schwanz in die Vagina. Oder einen Finger in den Arsch. Keiner hat ihnen gesagt, dass es falsch ist. Und außerdem ist es doch auch nicht böse gemeint. Nicht persönlich. Und überhaupt ist es doch sowieso egal. Denn du kennst den Tod nicht. Du weißt nicht, wie er schmeckt. Vielleicht schmeckt er nach Erdbeermarmelade. Vielleicht besser als das Leben.

Ja, es ist gefährlich zu provozieren, aber ich will ja nicht gleich ermordet werden. So viele Vergewaltigungen und kaum eine endet tödlich. Zumindest nicht für den Körper. Es gibt so viele kranke Arschlöcher, die sich selbst nicht unter Kontrolle haben. Wölfe im Schafspelz. Sie liegen auf der Lauer und wetzen die Zähne. Der Speichel tropft schon aus ihrem Maul und sie warten nur auf das kleine weiße Lamm, das sich zu weit von der Herde entfernt hat. Vielleicht bin ich kein weißes Lamm, aber leichte Beute allemal.

Mit ein paar Freunden waren wir auf dem Oktoberfest. Die Zelte haben gerade zu gemacht und für uns gab es auf dem Weg nach Hause noch einen Caipi am Peaches-Stand. Ich war das einzige Mädchen und musste noch aufs Klo. Ich habe nicht darauf bestanden, dass mich jemand bis hinter das nächste Zelt begleitet, wo die Toiletten stehen. Die Sirenen haben mir gesagt, ich soll alleine gehen. Aber als Mädchen ist es nicht gesund, nachts alleine auf der Wiesn herumzulaufen. Als schwaches Geschöpf. Und schon gar nicht betrunken. Die dumme Putzfrau wollte mich trotz Bitten und Betteln nicht mehr aufs Klo lassen. Die Toiletten waren offiziell schon geschlossen. Aber schneller als ich schauen konnte, nahm mich ein Kerl an der Hand. Zerrte mich hinter sich her.

»Komm mit, da hinten ist noch ein Zelt ...«

Ich hätte nicht mitgehen sollen. Mit einem Fremden. Aber in dem Moment war es mir egal. Ich schwankte einfach so hinter ihm her. Er war Mitte 30. Ziemlich muskulös. Sah aus wie ein Türsteher. Türsteher sind doch die Guten, oder? Sie tragen Uniformen wie Polizisten. Sie müssen gut sein. Denke ich. Als wir beim nächsten Bierzelt vor den Toiletten stehen, glaube ich schon, er hat mir zu viel versprochen. Mit einem »Schleichts aich, wir ham scho zua«, versucht uns das gehässige Kloweib zu vertreiben. Aber es gibt Tricks auf dem Oktoberfest, die ich bis jetzt noch nicht kannte. Er holt einen Fünf-Euro-Schein aus seinem Geldbeutel und wedelt damit vor ihrer Nase herum. Sie wird doch sicher eine kleine Ausnahme für mich machen können? Natürlich kann sie. Denn schon in antiken Zeiten waren die Geldwechsler vor dem Tempel in Jerusalem bestechlich und bis heute hat sich nichts an solch niedrigen Charakteren geändert.

Ich war so froh, dass ich mich endlich erleichtern konnte. Als ich wieder aus dem Container kam, hat er auf mich gewartet. Die Putzfrau war schon verschwunden. Niemand war mehr da, hinterm Zelt.

»Ich schulde dir wohl fünf Euro«, habe ich gesagt und war dabei das Geld aus meiner Dirndltasche zu kramen. Dann ging alles sehr schnell und ich kann mich auch gar nicht mehr so genau erinnern. Ich weiß nur noch, dass er mich mit dem Rücken gegen die Wand vom Bierzelt gedrückt hat. Er hat mir seinen Zeigefinger über die Lippen gelegt, als wollte er mir verbieten etwas zu sagen.

»Du schuldest mir was ganz anderes.«

Und dann hat er mir die anderen Finger seiner Hand in den Mund gesteckt. Das hätte bei mir fast einen Würgereflex ausgelöst. Passiert bei mir schnell. Zu viel Training. Aber so etwas konnte er natürlich nicht wissen und es lag ihm sicherlich auch nicht daran, mich zum Kotzen zu bringen. Gestammelte Argumente helfen nicht. Und eingeschüchtertes Flehen erst recht nicht.

»Stell dich nicht so an. Du willst doch auch, dass ich es tue. Warum gehst du denn sonst mit mir mit?«

Da hatte ich meinen Wolf und bekam es mit der Angst zu tun. Ich hatte immer vor, mich zu wehren, aber jetzt tat ich auch alles dafür, um wirklich erfolgreich damit zu sein. Nachdem ich mich losgerissen habe, bin ich noch über einen Stapel zusammengeklappter Bierbänke gestolpert.

Harte Landung auf schmutzigem Boden.
Pochendes Stechen.
Aber wer kein Sperma schlucken will,
muss den Schmerz schlucken.

Und wer fliehen will muss schnell sein. Und windig. Zum Glück bin ich windig. Vom Rest der Nacht habe ich einen Filmriss. Am nächsten Morgen hatte ich einen riesigen blauen Fleck hinten auf meinem Oberschenkel. Ben hat mir erzählt, dass ich in der Nacht unbedingt noch duschen wollte und sturzbesoffen aus der Kabine gefallen bin. Ich bin direkt auf der Kante der Bodenwanne gelandet. Eigentlich schade. Für meine Flucht hätte ich mir ein Andenken verdient.

Ich frage mich, ob meine Seele jetzt ruhen darf? Denn ich war in der Stadt und ich habe geschrien. Ich habe mich erfolgreich gewehrt. Ich habe meine Pflicht erfüllt. Aber ist es jetzt vorbei? Kann ich jetzt von Luftballons und schimmernden Seifenblasen träumen? *Ich* habe meinen Dienst erfüllt, nur Nandos Kämpfer hat versagt.

Stille Nacht?

Jedes Mal, wenn der Winter vorübergeht, fällt mir ein riesiger Stein vom Herz. Die Adventszeit mit ihren 80-Kalorien-Plätzchen, Christkindlmarktbesuchen, den Weihnachtsfeiern und Glühweinpartys hält zu viele verführerische Fallen für mich bereit. Der Gipfel des Horrors ist der alljährliche Weihnachtsmarathon am Heiligen Abend. An keinem anderen Tag im Jahr muss die glänzende Maske, die ich trage, so perfekt sitzen und mein Friede-Freude-Eierkuchen-Lächeln so unerschütterlich in mein Gesicht gemeißelt sein wie in Stein. An keinem anderen Tag stehe ich so kurz vor einem Nervenzusammenbruch wie an Weihnachten. Eine besinnliche Zeit stelle ich mir anders vor, denn für mich ist es einfach nur purer Stress. Wenigstens mein Papa und mein Opa konnten sich jetzt auf einen gemeinsamen Ort für ihre zukünftigen Weihnachtsbesuche einigen. Aber ich hasse es, auf den Friedhof zu gehen. Es macht mich unglücklich. Auf dem protestantischen Friedhof in Augsburg geht es auch weniger darum, der Toten zu gedenken. Viel mehr ist es ein Sehen und Gesehen werden der Möchtegern Augsburger High-Society zwischen den Gräbern historischer Persönlichkeiten wie denen der Welser, Schaezler, Stetten oder dem Stadtbaumeister Elias Holl. Natürlich gehen die Damen standesgemäß nur im Pelzmantel und mit Schmuck behangen wie ein golden glitzernder Weihnachtsbaum zu ihren Verflossenen. Jovial legen sie ihnen eine weiße Christrose aufs Grab. Auf dem Grabstein meines Vaters protzt eine goldene Krone – unser Familienwappen aus besseren Zeiten. Das Beet wurde vom Friedhofsgärtner säuberlich, aber puristisch mit Tannenzweigen gedeckt. Protestantisches Understatement.

Wenn ich sterbe, soll auch ich zu so einer scheinheiligen Wallfahrtsstätte mutieren?

Lieber nicht. Ich möchte verbrannt und einfach nur in den Wind gestreut werden. Dann können meine sterblichen Überreste frei davon schweben. Frei sein. Leicht sein. Leichtsinnig zu denken, dass mir dieser Wunsch einmal gewährt wird.

Weiter geht die weihnachtliche Odyssee mit dem Besuch bei Großtante Lotta. Neben endlosen Geschichten über ihre Katze Minka gibt es für meine Mum, Dominik und mich Danziger Goldwasser und Plätzchen, die von einer Bekannten aus dem Allgäu geschickt wurden. Wie jedes Plätzchen bestehen sie fast nur aus Fett und die Vorstellung, wie es von einer alten knorrigen Bäuerin geknetet und gebacken wird, macht es nicht leichter. Aus Höflichkeit und um missgünstiges Naserümpfen zu verhindern, lasse ich mir nichts anmerken und würge den mir zugeteilten Zimtstern in zwei Bissen herunter.

Danach geht es zu Oma Christa und es wird nicht besser. Es wird erwartet, dass ich zum hundertsten Mal erzähle, wie super es mir doch geht. Nach meinem bestandenen Abi habe ich einen Ausbildungsplatz als Mediengestalterin gefunden. Ich bin fit in den Programmen und durfte das erste Jahr überspringen, um gleich im zweiten anzufangen. Obwohl ich mittlerweile schon fast fertig bin und kurz vor der Abschlussprüfung stehe, ist es immer noch ein gefundenes Fressen für die Meute. Erfolge werden stets himmelhoch jauchzend glorifiziert und alles andere stillschweigend wie Leichen im Keller begraben. Bald brauchen wir eine

Tiefgarage. Eine mehrstöckige. Aber wir können doch alle so glücklich sein – bla bla, et cetera. Die Steigerung zum Zimtstern bei Großtante Lotta sind hier Antipasti, die von der Haushälterin für uns vorbereitet wurden. Ich muss erst mal ein Käsespießchen finden, dass nicht von einem direkt angrenzenden Speckspieß-Nachbarn kontaminiert wurde, um dann festzustellen, dass es mit einem geschnitzten gelben Elfenbeinstäbchen zusammengehalten wird. Na lecker, Augen zu und durch. Nachgetrunken wird mit einem kräftigen Schluck Rotwein. Eigentlich mag ich Rotwein gar nicht, aber ich will keine Sonderwünsche stellen und nehme das, was mir angeboten wird.

Die nächste Station auf unserer Reise ist Oma Lucy. Hier warten Butterbrezen auf uns, aber wenigstens gibt es Sekt und den brauche ich jetzt auch, um die nächsten Heile-Welt-Gespräche zu ertragen. »Die Familie ist ja das Wichtigste und wir können alle so froh sein, dass wir so eine tolle Familie haben. Jeder beneidet uns.« Schon recht, Omi.

Auf dem Weg zur Kirche frage ich mich, ob sie und ich in der gleichen Welt leben oder ob sie einfach nur gelernt hat die Augen zu verschließen. Nicht mal am Heiligen Abend können alle zusammen kommen. Die einen sind tot und die anderen sind zu stolz, sich aus ihren Nestern zu bequemen und wollen alle einzeln in ihren Hoheitsgebieten besucht werden. Tolle Familie. Aber keine Zeit weiter darüber nachzudenken.

Nach der Kirche geht es erst einmal zu meiner Mum. Ben ist jetzt auch dabei und es gibt heißen Stein. Raclette mag ich eigentlich gern, weil niemand so richtig kontrollieren kann, wie viel ich schon gegessen habe, aber wenn die Rinderfilets oben auf der Grillplatte landen und das Fett nur so spritzt, muss ich schnell sein. Ich baue mir einen Schutz aus Servietten für mich und meinen Teller. Eine kleine Festung, hinter der ich mich verstecken kann. Mit der Bescherung müssen wir uns beeilen.

»Dominik! Mach unser Lied an!«, klimpert meine Mum meinen Bruder mit ihren schwarz getuschten Wimpern und ihrem Silber glitzernden Lametta-Kleid an. Auf ihrem Kopf wippt mit jeder Bewegung der Haarreif mit dem filzenen Rentiergeweih. Drei klingelnden Schellen auf jeder Seite. Viel zu laut spielt der CD-Player Lied Nummer 6. Frank Sinatra. Ob man den Titel auf *Guantanamo Greatest Hits* finden könnte? Das Potenzial dazu hat er. Mein Kopf fühlt sich an, als müsste er gleich platzen.

Es hämmert.

P O C H T.

H Ä M M E R T in meinem Schädel und ich kann nicht mehr klar denken. Am liebsten würde ich mich aus Protest quer über den weihnachtlich mit Kerzen, Glitzerbambis und rosa gepunkteten Glaskugeln geschmückten Couchtisch übergeben. Verlockend, aber ich reiße mich zusammen. Bevor das Weihnachtsglöckchen klingelt, muss noch jeder das Horoskop fürs nächste Jahr aus der Fernsehzeitung über sich ergehen lassen. Ob er will oder nicht. Allein die Wahl, ob der Bereich *Erfolg und Beruf* oder *Gesundheit und Wellness* vorgetragen wird bleibt. Mit kristallklarem Klingeln wird nun zuckerfroh verkündet, dass das Christkind soeben da war und die Geschenke jetzt ausgepackt werden dürfen. Das Weihnachtsglöckchen ist Tradition. Und Traditionen soll man nicht brechen. Da sind wir altmodisch. Ich frage mich, ob das Geschenkpapier der ganzen hübschen Belanglosigkeiten sich lindernd wie ein antiseptisches Pflaster auf die

Wunden meiner Seele legen könnte. Wie schön, dass man Liebe kaufen kann. Und Harmonie erzwingen. Und wenn man nur fest genug daran glaubt, wird alles gut. Einen anderen Moment lang frage ich mich, ob es Sinn macht, sich mit der großen roten Schleife von Geschenk Nummer 5 am Weihnachtsbaum zu erhängen. Oder wäre es doch passender sich mit der lilafarbenen Kordel von Paket Nummer 8 zu erwürgen.

Meine Gedanken werden unterbrochen. Es ist schon spät. Wir müssen weiter. Zu Bens Familie. Dort gibt es Steak und Fenchelgemüse. Weil ich als Vegetarier kein Steak esse, macht Bens Mama für mich immer etwas extra. Dieses Jahr gefüllte Minikürbisse. Es ist voll lieb von ihr, aber eigentlich nicht nötig. Ich bräuchte eigentlich gar nichts mehr. Aber wenn sie nur für mich was Eigenes kocht, muss ich es wenigstens probieren.

Wenn wir spät am Abend nach Hause kommen und ich den Weihnachtsmarathon hinter mir habe, bin ich immer furchtbar erleichtert und einfach nur froh, dass es vorbei ist.

Im Frühling wird alles besser. Die Tage werden wieder länger und meine Laune heitert sich auf. Ich glaube, es liegt am Licht. Wenn ich abends aus der Arbeit komme, ist es nicht mehr stockdunkel. Sonnenstrahlen auf meinem Gesicht bringen mich zum Lächeln. Einfach so. Und noch ein anderer Grund glücklich zu sein: In drei Tagen fliegen wir in unseren Osterurlaub nach Rom. Wir wollen einfach in den Süden abhauen und ein bisschen unsere Zweisamkeit genießen. Ich war schon die ganze Zeit so kribbelig. Ich frage mich, ob Ben mir in Rom einen Antrag machen wird.

Nein, wird er nicht.

Aber kein Grund enttäuscht zu sein. Ben möchte heute Abend mit mir spazierengehen. An der Lechstaustufe, dort wo gerade die kleinen Entenküken quaken und der Frühling seine Pastellfarben über die Landschaft vergießt. Dort steht er vor mir am Ufer und kramt eine kleine Glitzerkeit für mich aus seiner Tasche.

Wir brauchen nicht viele Worte.

Nur ein Lächeln.

Und einen Ring.

Und einen Kuss, stellvertretend für mein »Ja, ich will«. Seine Hände zittern, als er ihn mir an den Finger steckt. Den schönste Verlobungsring, den sich ein Mädchen wünschen kann. Aus Weißgold mit einem Brillanten gefasst wie ein kleines Krönchen. Lupenrein.

Ben hat nicht bis Rom gewartet. Er wollte mich unbedingt überraschen. Er wollte, dass es ein vollkommen unerwarteter Moment ist.

Ein vollkommener Moment.

Der tägliche Bürowahnsinn

Der alte Hausdrache steckt seinen Kopf durch die Glastüre von unserem Büro: »Jenny, ich hab schon mal in der Berufsschule angerufen und dich für morgen krankgemeldet. Dann kannst du deinen Auftrag in Ruhe fertig machen.«

Na super. Soll ich ihr jetzt auch noch dankbar sein?

»Zerfall doch zu Staub, du dumme alte Hexe«, würde ich sie jetzt am liebsten angiften, aber mehr als ein »O.K., danke.« bekomme ich dann doch nicht über die Lippen. MEIN Auftrag. Ah ja. Immerhin hat ihn Corinna mir gestern aufs Auge gedrückt, weil ich eine kurze Pause hatte und warten musste, bis meine Arbeit vom Korrekturlesen zurück kommt. Und jetzt ist es schon MEIN Auftrag. Als ob ich nicht schon genug zu tun hätte. Und wenn ich dann zu meiner Abteilungsleiterin gehe und Bescheid gebe, dass ich bis heute Abend nicht fertig werde, will ich damit sagen, dass Corinna ihren Scheiß doch gefälligst selber wieder übernehmen soll und nicht, dass sie mich in der Schule krankmelden kann. In zwei Wochen habe ich immerhin meine Abschlussprüfung und wäre schon ganz froh, wenn ich die Prüfungsvorbereitung noch halbwegs mitbekomme.

»Tschüssi, bis morgen!« Corinna macht sich auf den Weg nach Hause. Sie hat heute noch ihren Tanzkurs und darf nicht zu spät kommen. Aber mit 30 Jahren ist man zu einem Hiphop-Kurs immer zu spät. Es ist erst halb vier und ich bin dazu verdonnert, hier noch stundenlang russische Vokabeltabellen zu setzen. Dabei kann ich noch nicht mal russisch. Ich kopiere einfach nur die Glyphen aus dem

Textdokument in meine Satzdatei, lege ein paar Absatzformate darauf und hoffe, dass ich bei dieser unglaublich kreativen Arbeit vor lauter Aufregung keinen Herzkasper bekomme. Aber wer kann schon erwarten, dass man in einer Werbeagentur auch Werbung gestaltet. Eigentlich hätte ich meine Arbeitszeit schon bald voll, aber ich bleibe noch. Für ein eigenes Auto reicht es nicht und ich fahre jeden Tag mit Ben zusammen in die Arbeit. Er muss früh anfangen und ich bin dann auch immer die Erste im Büro. Ich habe meinen eigenen Schlüssel und wenn die Frühaufsteher unter meinen Kollegen ankommen, bin ich schon eine ganze Weile da. Das sieht natürlich niemand. Am späten Nachmittag sitzt die Chefetage am Empfang beim gemütlichen Kaffeeklatsch zusammen und genau da muss ich vorbei, wenn ich nach Hause will. Wie oft musste ich mir schon ihre dummen Sprüche anhören. »Ja, sind wir denn schon fertig?« und »Du machst ja pünktlich Schluss? Hast du nichts mehr zu tun?« Für was gibt es denn Gleitzeit, wenn man sich nicht trauen darf, sie zu nutzen? Meistens bleibe ich sowieso länger. Ich müsste schon im Zeitraffer arbeiten können, um die Aufträge in der knapp kalkulierten Zeit fertigzustellen. Was natürlich nicht möglich ist und dann muss ich mich rechtfertigen. Warum ich für dieses so lange gebraucht habe und warum jenes immer noch nicht in der Post ist. Die andauernden Sticheleien sind noch anstrengender als der ständige Stress und mittlerweile mache ich sogar mehr Überstunden, als ich im System zurückmelde, nur um dem ganzen Ärger aus dem Weg zu gehen. Und um die Aktenstapel irgendwie klein zu halten. Tetris auf meinem Schreibtisch. Keine Erholung in Sicht. Und kein Urlaub genehmigt, in dem ich nicht auf Bereitschaft bin, falls es im Büro doch eng werden sollte. Es fällt mir schwer, mich durchzusetzen. Es fällt mir schwer *Nein* zu sagen. Wenn ich wieder einmal schwach war und mich dazu überreden lassen habe, am Wochenende ins Büro zu kommen, würde ich mir am liebsten selbst in den Hintern beißen. Natürlich bekomme ich als Dank nicht mal einen feuchten Händedruck. Und dass meine Überstunden nicht ausgezahlt werden, steht selbst verständlich nur pro forma in meinem Vertrag. Ja klar, wie naiv kann ich nur sein, das zu glauben? In ein paar Wochen weiß ich es dann ganz genau, dass die Hälfte der 260 Stunden aus dem letzten Jahr gestrichen werden. Die anderen werden ausgezahlt. 3,65 EUR pro Stunde. Aber mein Chef macht mir ein gutes Angebot wenn ich nach meiner Prüfung im Unternehmen bleibe. Das überrascht mich. Er bietet mir mehr, als manchen Kollegen, die schon eine ganze Weile hier sind. Nachdem ich eine Gehaltsliste der Buchhaltung im Kopierer gefunden habe, kann ich das mit Sicherheit sagen.

Aber das Angebot ist nicht gut genug.

Kein Angebot könnte es sein.

Meine Tage hier waren von Anfang an gezählt.

Und mein Entschluss steht schon lange fest.

Sobald ich mein Ausbildungszeugnis in der Hand halte, werde ich kündigen und mich selbstständig machen. Und es wird sich so gut anfühlen. Niemand mehr, der mir vorschreiben kann, was ich zu tun habe. Und wann. Und wie schnell. Kein Zeus mehr, der seine Blitze schmeißen kann. Nein, ich werde mir jeden Tropfen Schweiß, den ich opfere, bezahlen lassen. Nicht mit einem leeren Versprechen auf eine exponentielle Karriere mit hübschen Titeln – mehr Schein als Sein. Sondern mit barer Münze. So wie es sich gehört.

Schönheit ist Kopfsache

Nur weil der neongelbe Aufkleber auf der Zahnpasta in unserem neuen Bio-Supermarkt behauptet, sie wäre ein Sonderpreis, ist sie mit 2,75 Euro trotzdem kein Schnäppchen und die runzlige Zucchini für 3,25 Euro das Kilo wäre bei Aldi vermutlich schon längst in der Tonne neben den abgelaufenen Joghurts gelandet. Aber so ist sie, die Ökogemeinde. Unverbesserlich. Damit ich nicht aus dem Laden schleichen muss, ohne etwas zu kaufen, hole ich mir schnell eine Tomate-Dinkel-Mischung für vegane Burgerbratlinge. *Familienpackung* steht in gesperrten Lettern oben drauf. Wohl eher Jahresvorrat denke ich mir und summe auf dem Weg zur Kasse die verkaufsfördernden Jingles aus dem Lautsprecher mit, als hätten sie mich in ihren Strudel gezogen. Während ich in der Schlange stehe, tippe ich noch schnell ein paar abgebrochene Sätze in mein Handy. Formulierungen für eines meiner nächsten Kapitel. Die besten Einfälle kommen mir immer zu den unmöglichsten Zeitpunkten und ich sollte mir ein Notizbuch besorgen. Oder wenigstens daran denken, einen Stift einzustecken, denn irgendein Zettel lässt sich immer finden. Und wenn es nur ein Taschentuch oder die Serviette vom Dönerladen gegenüber sein sollte.

Ich bin extra hierher gefahren, weil ich Flohsamen kaufen wollte. Oder noch besser: Flohsamenschalen. Eine kleine Fee hat mir geflüstert, sie wären ein außergewöhnliches Zaubermittel. Sie können im Magen das 50-fache an Wasser binden, quellen auf und machen satt, ohne dass ich noch etwas essen muss. Sie sind gesünder und funktionieren viel besser als Abführmittel. Die Nährstoffe werden schon im Dünndarm aufgenommen. Abführmittel wirken aber erst im Dickdarm. Viel zu spät. Leider haben sie hier keine. Vielleicht kann ich heute Nachmittag in der Stadt welche finden.

Ich muss nach Augsburg, weil ich einen Arzttermin habe.

Für einen kosmetischen Eingriff.

Eigentlich bin ich eher kritisch, was Schönheitsoperation angeht. Was wir als schön empfinden, ändert sich so schnell. Wer könnte sich heute noch vorstellen, mit giftgrün lackierten Krallen oder einem Vokuhila herumzulaufen, wie in den 80er-Jahren. Und niemand wäre damals auf die Idee gekommen, dass man sich irgendwann einmal den Bauchnabel liften oder das Arschloch bleichen lassen kann. Oder die Beine brechen und mit einem Fixateur externe so lange auseinanderziehen, bis man die lang ersehnte Mindestgröße für Topmodels erreicht hat. Die Zeit gibt mit den Trends vor, was schön ist. Und die Werbung.

Aber selten ist es die innere Schönheit.

Und noch seltener ist es die Realität.

Ich finde es heftig, dass die britische Werbeaufsicht mittlerweile sogar begonnen hat, Reklame mit übertriebener Bildbearbeitung zu stoppen. Eine makellos retuschierte Julia Roberts auf den Werbebannern für Lancôme fiel ihr schon zum Opfer. Eine faltenfreie Christy Turlingtons folgte kurz darauf. »Irreführend«, warnt die Behörde.

Bei so viel Sorge um die gefährdete Selbstwahrnehmung der klassischen Durchschnittsfrau ist es mir unerklärlich, wie eine der krankesten Kampagnen trotz ihrer Abartigkeit vor ein paar Jahren überhaupt ihren Weg in die Medien finden konnte. Die entwürdigende Zurschaustellung einer vollkommen ausgemergelten Isabelle Caro, über deren nackten Knochen mahnend *No. Anorexia* geschrieben steht. Es soll frei übersetzt wohl *Gegen Magersucht* heißen, dabei ist das No. typografisch so schlecht gesetzt, dass man meinen könnte es steht für »Nummer«. Und viel mehr als eine weitere Nummer seiner kranken Provokationen war das magersüchtige Model wohl auch nicht für den italienischen Starfotografen Oliviero Toscani. Ein lebendiges Röntgenbild für sein fotografisches Gruselkabinett. Ich kann mich heute noch darüber aufregen. Als sie ihren Vertrag unterzeichnet hat, wurde ihr verschwiegen, dass die Stylisten dazu angewiesen wurden, sie extrem abschreckend und hässlich herzurichten. Sie wurde überrumpelt. Eingeschüchtert von einer Branche, in der ein Model kein Recht auf seine eigene Würde besitzt. Ich verstehe, dass man provozieren muss, um ein gewisses Maß an Aufmerksamkeit zu bekommen. Aber nicht um jeden Preis.

Isabelle war Toscanis Bauernopfer. Als Mensch war sie ihm völlig egal. Wie alle anderen hungrigen Mädchen auch, die er global als hypernarzisstisch bezeichnet. Und Isabelle sogar als Monster. Es ging ihm allein darum zu schockieren. Was will man von einem Menschen erwarten, in dessen Werbekampagnen ölverschmierte Seevögel, sterbende Aidskranke und das im Blut ertränkte Hemd eines im Bosnienkrieg gefallenen Soldaten zur Schau gestellt werden. Es ging ihm in erster Linie um sein Ego. Er wollte sich selbst übertreffen. Und er trieb es auf die Spitze. Denn wenn er sich aufrichtig mit Essstörungen auseinandergesetzt hätte, hätte er erkannt, dass seine Kampagne nicht aufklärt, sondern schadet. Sie vermittelt ein völlig falsches Bild. Es ist kontraproduktiv, das allerdürrste Mädchen als Paradebeispiel zu deklarieren. Bei wie vielen Erkrankten wird die Magersucht jetzt gar nicht erst gesehen, weil sie noch nicht so auffällig und ausgehungert sind wie Isabelle. Von etlichen Bulimikern ganz zu schweigen, denen man ihre Krankheit oft überhaupt nicht ansehen kann. Aber trotzdem leiden sie. Essstörungen sind in erster Linie kein körperliches Problem. Sie gehen viel tiefer. In die Psyche. Toscani sagt, er will aufklären, aber er verharmlost. Jede einzelne Leidensgeschichte, die nicht auf den ersten Blick erkannt werden kann. Und die Störung selbst, weil er nur den Gipfel des Eisberges zeigt und nicht was dahinter steckt.

Ein ungeduldiges Hupen. Die Ampel ist schon lange grün und das Auto hinter mir wartet nur darauf, dass ich mich in Bewegung setze. In Augsburg fahre ich in die Tiefgarage und parke in der abgelegendsten Ecke, die ich finden kann. Wenn ich mit meinem Termin fertig bin, ist es draußen vielleicht schon dunkel. Die Praxis von Dr. Rex ist modern und wenn die Arzthelferin mich nicht ins Behandlungszimmer gebracht hätte, wäre ich vermutlich in den unendlichen Weiten der Räume verloren gegangen. Das Beratungsgespräch ist kurz. Dr. Rex bestätigt mich in meiner Entscheidung. Er würde es an meiner Stelle auch entfernen lassen. Es sieht nicht schön aus. Wenn ich will, können wir es sofort machen. Natürlich will ich.

Als ich die Praxis wieder verlasse, bin ich noch ein bisschen benebelt von der Betäubung. Eine Spritze direkt in meine Stirn. Aber ich werde es nicht bereuen. Mein Ideal ist zeitlos. Die alten Griechen würden sich freuen und auch mein Dad wäre sicher stolz auf mich. Mein Muttermal ist herausgeschnitten und mein Gesicht endlich symmetrisch.

Der Schlüssel zur Schönheit. Er liegt in meinen Händen.

Aus der Bahn

Der Anruf meiner Tante ist bei mir eingeschlagen wie eine Bombe. Gewaltig und vollkommen unerwartet. Bei meiner Mum wurde das Burnout-Syndrom diagnostiziert. Ich hatte keine Ahnung. Seit ein paar Wochen ist sie mit ihrer Arbeit nur noch überfordert. Auf ihrem Konto steht sie mit 12.000 Euro in der Kreide, von den Schulden, die sie bei meiner Tante und meiner Oma hat mal abgesehen. Sie ist krank und auf unsere Unterstützung angewiesen.

Ein Therapeut kümmert sich jetzt um sie. Ein bisschen neidisch bin ich schon. Ich hatte auch schon mal nach einer Therapeutin gesucht, die ich sympathisch finde könnte, aber es war mir dann zu teuer. Psychotherapie wird von meiner Krankenversicherung nicht übernommen und ich habe zurzeit nicht so viel Geld. Und irgendwie hatte ich auch Angst davor, einen Seelenstrip auf den Tisch zu legen. Ich wüsste gar nicht, mit was ich überhaupt anfangen soll.

Seitdem jetzt alles raus ist und meine Mum krankgeschrieben wurde, scheint sich in ihrem Kopf ein Schalter umgelegt zu haben. Ich weiß nicht, ob es die starken Antidepressiva sind oder ob sie einfach nur die Hemmungen abgelegt hat, jegliche Verantwortung für sich selbst an mich abzugeben, aber langsam wird mir das alles zu viel. Sie ist nicht mehr sie selbst. So kenne ich sie gar nicht. Seit Wochen bin ich jeden Tag bei ihr und kümmere mich um sie. Ich sorge dafür, dass es nicht noch schlimmer wird und höre mir ihre Sorgen an. Ich koche, erledige ihre Arbeit, vertröste ihre Kunden, versuche, ihre Wohnung zu verkaufen, um irgendwie Geld aufzutreiben, und kümmere mich um ihre Korrespondenz. Ein einziges Mal habe ich sie darum gebeten, am Abend noch die Briefe zum Briefkasten zu bringen, aber selbst das war zu viel für sie. Ich erledige meinen Job und ihren noch dazu. Natürlich ist sie mir dafür dankbar und es ist mir wichtig, ihr zu helfen. Sie ist meine Mum und ich liebe sie. Aber sie nimmt mir die Luft zum Atmen. Es ist gar nicht so lange her, da musste ich meinen Nachbarn darum bitten, mir meine Haustür aufzusperren, weil ich selbst nicht mehr die Kraft dazu hatte, den Schlüssel im Schloss zu drehen. Ich kämpfe schon so lange mit meinen eigenen Problemen, dass ich nicht weiß, wie ich auch noch ihre auf meinen Schultern tragen soll. Wenn sie mir erzählt, dass sie ohne mich schon lange im Krankenhaus liegen würde, ist das ihre Art Danke zu sagen. Ihre Art mir zu zeigen, wie wichtig ich gerade für sie bin. Aber sie setzt mich damit so sehr unter Druck, dass ich Angst habe, ich könnte daran zerbrechen. Mittlerweile vergeht kaum ein Tag, an dem selbst ich ohne meine Beruhigungsmittel und Schlaftabletten auskomme. Ich bin so aufgelöst und verloren in mir selbst. Panikattacken überfallen mich, wenn ich nicht mehr weiß, wie ich das alles schaffen soll. Selbst wenn ich wollte, ich bin abends zu erschöpft, um zu essen. Zu ausgebrannt, um abzuschalten. Zu müde, um einzuschlafen. Sie sagt, die Hochzeitsvorbereitungen überfordern mich. Das geht vielen zukünftigen Bräuten so und ich soll nicht so perfektionistisch sein. Es hat überhaupt keinen Sinn, ihr zu erklären, was mir wirklich zu schaffen macht, sie will es gar nicht hören. Vor ein paar Jahren habe ich mir meine Freiheit so schwer erkämpft und jetzt leidet unsere Beziehung wieder unter der ständigen Nähe. Ihre Manipulationsversuche legen sich wie ein eisernes Korsett um meinen Körper und versuchen, meinen Willen unter dem Deckmantel der Bedürftigkeit zu begraben. Sie droht mich zu verschlingen und kein Stückchen meiner selbst mehr übrig zu lassen. Gegen Subtilität ist kein Kraut gewachsen.

Erst als sie versucht, ihr Einflussgebiet über mich auf Ben auszuweiten, wird mir klar, dass es so nicht weitergehen darf. Ich kann mich noch zu gut an das letzte Mal erinnern, aber ich wage trotzdem ein *Nein*, als sie mir anordnet, Ben auszurichten, dass er in ihrem Wohnzimmer eine andere Lampe aufhängen soll. Dominik ist ihr Sohn, nicht Ben. Sie soll ihn fragen. Und als hätte ich es schon geahnt, schaukelt sich die ganze Situation zu einem riesigen Streit auf. Es beginnt mit einem gekränkten Blick, geht über zu leisen Vorwürfen und als ihr das alles nichts hilft, beginnt sie tatsächlich, mich deswegen anzuschreien. Es hat mir die Augen geöffnet. Nachdem ich sie tobend in ihrer Wohnung zurückgelassen habe, bin ich nach Hause gefahren und habe ihr einen Brief geschrieben. Seitenlang habe ich versucht, ihr zu erklären, was sie schon so lange bei mir falsch gemacht hat. Wie sie mich damals im Stich gelassen hat, als ich ihre Hilfe so dringend brauchte. Und dass ich es so, wie es jetzt ist, einfach nicht mehr ertragen kann.

Vier lange Monate ohne jeglichen Kontakt warte ich schon auf ihre Antwort. Jeden Tag. Vergebens. Und dann halte ich es nicht mehr aus und schreibe ihr eine E-Mail. Wie wenig ich ihr wert bin, dass sie kein einziges Wort für mich findet. Nicht einmal jetzt. Ich habe es ihr so leicht gemacht. Ich wollte ihr verzeihen, wenn sie mich nur einmal darum bittet. Wenn sie nur einmal meinen Schmerz anerkennt.

Wie dumm, dass ich aus meiner Vergangenheit nicht gelernt habe, lieber keine Antworten zu verlangen, wo Enttäuschungen drohen. Ich wollte in den Arm genommen und getröstet werden. Ich wollte gesagt bekommen, dass alles wieder gut wird. Dass es ihr leid tut, wie viel in meinem Leben schiefgelaufen ist. Einfach nur irgendetwas. Irgendein kleines bisschen Mitgefühl. Aber in der E-Mail, die ich gnädigerweise am nächsten Tag von ihr bekomme, steht nur, dass sie von meinem Vater auch schon so unangenehme Briefe bekommen hat und dass sie grundsätzlich nicht auf so etwas antwortet. Ich soll dafür Verständnis haben, schließlich ist sie krank. Und sie hat nicht die Kraft dazu, sich mit mir auseinanderzusetzen.

Ein paar Tage später bekomme ich dafür einen Anruf von Dominik, ob ich mich abends mit ihm beim Italiener treffen kann. Er muss mit mir reden.

»Hör mal, Jenny, die Mama hat mich gebeten, nach dir zu sehen.« Eine Pause. Er überlegt noch, wie genau er es mir sagen kann. »Sie hat Angst, dass du dich umbringen willst.« Seine Stimme ist besorgt.

»Und da hat sie dich angerufen?« Es ist für mich so schwer zu verstehen, dass ich fast schon lachen muss. »Warum kann sie nicht bei mir anrufen, wenn sie ernsthaft meint, ich bringe mich um?«

»Ich kann's dir nicht sagen. Gestern war ich bei ihr. Es geht ihr gar nicht gut. Was ist da los mit eurem dummen Streit? Keine Ahnung, was du ihr für einen Brief geschrieben hast, aber meinst du nicht, dass es an der Zeit wäre, sich langsam wieder zu vertragen?«

»Ich würde mich ja so gern mit ihr vertragen, aber sie geht kein einziges Stück auf mich zu. Sie ignoriert total, wie schlecht es mir die ganze Zeit gegangen ist.«

»Ich versteh' dich ja. Aber du bist nicht die einzige, die gelitten hat. Hast du die Mama mal gefragt, warum sie so ist? Ich weiß, dass sie damals mit Papa auch keine leichte Zeit hatte. Sie musste sich immer um alles kümmern. Sie musste irgendwie schauen, dass wir über die Runden kommen. Sie ist doch jetzt nicht zusammengebrochen, weil sie schwach ist, sie war einfach schon viel zu lange stark. Vielleicht hat sie das ein oder andere Problem ganz offen tot geschwiegen, aber sie wollte auch nur irgendwie an einem glücklichen Leben für uns drei festhalten. Sie wollte damals nicht zulassen, dass Papa uns in seinen depressiven Sumpf hineinziehen kann. Und sie will ihren Problemen heute noch nicht ins Gesicht schauen. Es ist ihre Überlebensstrategie, sich die schlechten Dinge einfach schön zu malen. Sei nicht so hart zu ihr. Wir alle haben gelitten. Aber wir müssen lernen, die Vergangenheit zu akzeptieren. Wir müssen lernen, damit klarzukommen.«

»Ja schon, aber ...«

Dominik unterbricht mich.

»Glaub' mir, für mich ist es bis heute noch nicht leicht. Papa war immer so mit seinen eigenen Problemen beschäftigt, dass ich nie einen richtigen Vater hatte. Kein Vorbild. Und dann musste ich die ganze Zeit mit ansehen, wie alleingelassen Mama war. Er hat immer gesagt, dass er sie liebt, aber im Grunde hat er sie doch im Stich gelassen. Und ich hab' nie gelernt, ein normales Verhältnis zu Frauen zu entwickeln. Jedes Mal verbock' ich es wieder, weil ich einfach zu nett bin. Weil ich alle mit meiner Aufmerksamkeit total überfordere. Und am Ende werd' ich dann von dem Mädchen verlassen, mit dem ich alt werden wollte, weil ich sie heiraten will und ihr das alles zu schnell geht. Hart, oder? Vielleicht hätte ich sie nicht so einengen dürfen, aber da sind meine Verlustängste einfach mit mir durchgebrannt.«

Er nimmt einen tiefen Schluck von seinem Bier.

Räuspert sich.

»Schau, ich bin auch irgendwie auf mich allein gestellt. Alle meine Freunde sind jetzt verheiratet und gründen ihre Familien. Die haben jetzt Wichtigeres zu tun, als mit ihrem alten Kumpel um die Häuser zu ziehen. Und es tut weh, keine Freunde mehr zu haben, die für einen da sind. Und einsam zu sein. An Silvester hab' ich es echt nicht mehr ausgehalten. Ich hab' eine ganze Flasche Jack auf ex getrunken und wollte mich total dicht im Ilsesee ertränken. Ich hätte es auch fast durchgezogen, aber irgendwie hat es Gott dann doch nicht zugelassen. Ich kann es dir nicht erklären, aber ich hab' in meinem Kopf ganz klar seine Stimme gehört. Er hat gesagt: *Hör' auf, ich brauch' dich noch.* Ich hab' ihn richtig gehört. Und dann hab' ich es irgendwie geschafft und hab' mich nach Hause geschleppt.«

Er hat mir seine Geschichte so ruhig erzählt, trotz des kalten Schmerzes, der noch immer irgendwo versteckt tief in ihm schläft. So gelassen. Und ich habe versucht, auch ruhig zu bleiben und nicht zu heulen. Obwohl es mir unendlich leid tat. Aber es war wichtig, ihm einfach nur zuzuhören und ihm seinen Moment zu lassen. Ohne mich selbst in den Mittelpunkt zu stellen. Ohne sein Leid zu missachten und mit fordernden Tränen Mitgefühl auf mich zu ziehen, das ihm zusteht. Denn ich wollte für ihn da sein. Ich wollte ihn nicht unterbrechen. Ich hoffe, es hat ihm gut getan, sich alles einmal von der Seele zu reden. Einfach nur gehört zu werden. Und verstanden. Ich verstehe seinen Schmerz gut. Zu gut. Und seine Geschichte auch, denn ich habe sie nicht zum ersten Mal gehört.

Dass man sich mit Ersticken nicht umbringen kann, habe ich gesehen, als sie mir zum ersten Mal erzählt wurde. Und dass man sich mit Ertränken nicht umbringen kann, weiß ich jetzt auch. Der Tod muss rauschend kommen. Plötzlich. Wie ein Knall. Denn Schwache mag er nicht. Die nimmt er erst, wenn ihre Zeit gekommen ist. Willst du vorher sterben, musst du schon überzeugender sein. Er will nur die, die er noch gebrauchen kann. Deshalb schleicht er schon so lange um mich herum und nimmt mich doch nicht mit. Wenn er nahe ist, kann ich ihn spüren. Ich erkenne ihn, wie einen guten alten Freund. Er winkt mir zu und sagt: »Noch ist es nicht so weit. Aber vielleicht komme ich bald auf einen Überraschungsbesuch bei dir vorbei. Stell doch schon mal ein Stück Torte für mich in den Kühlschrank!« Und dann lache ich, denn ich weiß, es ist nur einer seiner Tricks. Willst du sterben, muss der Tod dich überrollen. Wie ein Zug. Und dass das mit dem Zug funktioniert, weiß ich, seit meine Gitarrenlehrerin sich auf die Gleise geschmissen hat.

Nicht schön, aber konsequent.

Monochrome Welten

Die dunklen Schattenwesen steigen auf aus den tiefen Schluchten deiner Seele und verdunkeln den Himmel, dass kein Licht der Hoffnung jemals seinen Weg zur Erde finden wird, um dein erstarrtes Herz aus Stein und Eis zu erwärmen. Überschattet von Flügeln aus den porösen Laken der Verlorenheit. Hämisch spielen sie mit dir. Schleudern dich durch die Nacht und drohen, dich an den rauen Felsen der Verzweiflung zu zerschmettern. Zu zerbrechen wie trockenes Reisig. Gesammelt, um zu verbrennen. Dein Schiff wird sinken. Ein jeder Schauer kann erahnen, wie viele Geheimnisse du zu verstecken suchst, und dein zerbrochenes Spiegelbild liegt neben dir auf rissigem Boden. Ein Puzzle mit fehlenden Teilen. Niemals wird es gut genug sein. Dein Fluch ist die Unsterblichkeit in einer Welt, in der der süße Tod dir Honig und Wein verspricht. Selbst Luzifers Hölle mit all seinen Dämonen scheint verlockend wie ein roter Apfel. Ein Paradies, das seinesgleichen sucht. Du liegst lachend in den Trümmern und hoffst auf den Moment, in dem die Müdigkeit die Schlaflosigkeit besiegen wird. Aber das Land der Träume bleibt ein unentdeckter Kontinent. Während deine graue Vergangenheit mit der verdrehten Realität um deinen Verstand pokert, umschlingen die kalten Finger der Einsamkeit unerbittlich deinen gezeichneten Körper. Resignation begräbt dich unter einem madigen Leichentuch und niemand wird dich retten. Niemand ist auch nur daran interessiert. Deine Trauer begeht Verrat und verspricht dir einen Ausweg aus den hoffnungslosen Qualen, wenn du beginnst, dir geduldig die Haut von den splittrigen Knochen zu kratzen. Und du glaubst ihr. Du würdest jeden Strohhalm ergreifen, um die liebliche Erlösung auf deinen Lippen zu schmecken, aber niemals würdest du es wagen, deinen Mund zu öffnen, um leise um sie zu bitten. Wertlos fühlst du dich und wortlos bleibst du.

Ich weiß, wie es sich anfühlt, Depressionen zu haben. Ich kann mich gut an die Tage erinnern, an denen ich mich nur mit Mühe aus dem Bett gequält habe. An denen ich stundenlang ins Nichts starren konnte. An denen ich niemanden sehen wollte, weil ich einfach nicht aufhören konnte zu weinen.

Menschen die unter Depressionen leiden trifft es am bittersten, denn kaum einer versteht ihren Schmerz. Sie liegen auf keiner Intensivstation, die zeigen könnte, wie lebensbedrohlich ihr Zustand wirklich ist. Sie haben keine blutenden Wunden und Verbände. Es gab Zeiten, da habe ich mir gewünscht einen Gehirntumor zu haben. Eine handfeste Krankheit, die man einfach diagnostizieren kann. Die man nicht schön reden kann. Niemand würde sich trauen, einem Krebspatienten zu sagen »Reiß dich ein bisschen zusammen und komm darüber weg«, oder »Kopf hoch, ist doch alles halb so wild«. Gut gemeinte Ratschläge sind der blanke Hohn. Ein leichtfertiges Stochern in der Wunde.

Aber keine Sorge, nicht jeder Tag ist todtraurig. Es gibt auch schöne Zeiten, in denen man vergessen kann, was einen nachts nicht schlafen lässt. Tage an denen man lachen kann und fröhlich ist. Gute Tage. Aber dann geht eine kleine Sache schief. Ein falsches Wort. Ein kleiner Rückschlag und man fällt zurück. Man wartet nur auf den nächsten Zusammenbruch.

Ich weiß ganz genau, wie es sich anfühlt.

Und ich muss aufhören, wütend auf meine Mum zu sein, weil sie mutig genug ist, *Stop* zu sagen. Ich sollte stolz auf sie sein, weil sie es schafft, sich Hilfe zu holen. Ich wünschte, mein Dad hätte es damals auch getan. Ich wünschte er hätte eingesehen, dass er einen Therapeuten braucht. Ich wollte nie seine Vertraute sein und trotzdem hat er mir seine Sorgen verraten. Eine Bürde, die damals schon so schwer zu tragen war und die noch immer auf mir lastet. Ich durfte nie einfach nur ein Kind sein.

Und Unbeschwertheit kannte ich nicht.

Wir hätten alle viel glücklicher sein können, wenn seine Depression uns nicht erdrückt hätte. Uns infiziert hätte wie ein tödlicher Virus. Ansteckend wie Hepatitis C und langsam tötend wie Aids. Früher oder später hat sie sich auf uns alle ausgebreitet. Auf mich, auf Dominik und auf meine Mum. Aber so darf es nicht weitergehen. Ich muss es schaffen, diesen Teufelskreis zu durchbrechen. Das bin ich den Kindern, die ich einmal haben möchte, schuldig. Sie haben ein Recht auf eine glückliche Mutter. Sie haben ein Recht darauf, nicht langsam vergiftet zu werden.

Es tut mir gut mein Buch zu schreiben. Auch wenn ich jedes einzelne Kapitel noch einmal neu erleben muss. Wenn ich mich zwingen muss, die Worte in meinen Laptop zu tippen. Wenn ich mich zwingen muss, nicht einfach aufzugeben und alles hinzuschmeißen. Ich versuche, meine Vergangenheit noch ein letztes Mal durchzugehen, um sie dann endlich ruhen zu lassen. Ich will endlich meine Ketten abstreifen. Ich will meinen Frieden finden. Es ist meine Form der Therapie.

Schritt für Schritt.

Und dieser ist der Nächste:

Mama,
auch wenn du diese Zeilen nie lesen wirst,
und wenn du mich nie darum gebeten hast:

Ich verzeihe dir.
Denn Blut ist immer dicker als Wasser.
Meine Hoffnung ist immer größer als die Verzweiflung.
Und meine Liebe ist immer tiefer als der Schmerz.
Ich liebe dich.

Wendepunkt?

Auch wenn ich mich nicht zu einer klassischen Therapie durchringen kann, habe ich beschlossen, mir trotzdem Hilfe zu suchen. Ich möchte eine alternative Heilmethode ausprobieren. Psychosomatische Energetik. Sie soll mir helfen, mich selbst besser zu akzeptieren und mit meiner Vergangenheit leichter klarzukommen, ohne dass ich mit irgendjemandem reden muss. Es ist schwer nachzuvollziehen, dass ich damit ein Problem habe, obwohl ich ein ganzes Buch über meine Erfahrungen schreibe, aber sobald ich mir nur vorstellen muss, mit anderen Menschen darüber zu sprechen, gerate ich schon aus der Fassung. Darüber schreiben kann ich, aber ich bringe die Worte einfach nicht über meine Lippen. Sie sind versiegelt.

Ich liege auf dem Rücken im Sonnenzimmer der Heilpraktikerin, für die ich erst einen Flyer gestaltet habe und bekomme als Dankeschön meine Behandlung kostenlos. Meine Armen sind über den Kopf gestreckt und wir testen die Spannung und damit die Reaktion meines Körpers auf verschiedene homöopathische Komplexmittel. Sie sollen ihre Schwingungsfelder mithilfe eines Testgerätes auf meine eigenen Energiefelder übertragen. Wir versuchen damit herauszufinden, wo meine feinstoffliche Energie gestört ist und wo meine Energieblockaden liegen.

Am Anfang war ich skeptisch, aber jetzt weiß ich, dass es funktioniert. Nachdem wir unzählige Essenzen und Kombinationen durchprobiert haben, sagt sie einen Satz zu mir, der mich so tief berührt, dass ich am liebsten sofort angefangen hätte zu heulen:

»Jenny, du bist ein unglaublich zerbrechliches Wesen.«

Wie konnte sie mir nur so einfach aus der Seele lesen, wo mich die ganzen Jahre zuvor niemand verstehen wollte? Sogar jetzt, wenn ich nur an diesen Augenblick denke, kommen mir die Tränen.

Sie hat meinen wunden Punkt gefunden. Meine geprüften Werte sind in dem getesteten Bereich extrem niedrig. Meine Empathie entspricht der eines kleinen Kindes. Die psychosomatische Energetik hat ohne jeden Psychotest herausgefunden, wie sensibel und einfühlsam mein Charakter ist. So sehr, dass es nicht mehr gut für mich ist. Ich muss anfangen, meine Mitte zu finden, und bekomme drei verschiedene Mittel verschrieben, die sich ergänzen und meine Selbstheilungskräfte anregen sollen. In ein paar Wochen testen wir dann wieder.

Ich weiß jetzt, dass es mir wieder besser gehen wird.

Ich kann ganz entspannt in unsere Flitterwochen fliegen.

Unser Ressort auf Bali liegt direkt am Meer. Bei Sonnenuntergang trinken wir ein Glas Wein in der kleinen Rockbar, die verwinkelt über mehrere Etagen direkt in die Felsen gebaut wurde. Wellen überschlagen sich und die Brandung wirft ihren weißen Schaum auf die Planken unter unseren Füßen. Aus der Ferne klingen die alten Melodien eines Bambus-Xylophons. Wir haben den ganzen Tag am Strand verbracht. Haben uns in der Bucht treiben lassen und uns Muster auf die sandige Haut gezeichnet. Wir haben Mosaike aus Muscheln und angeschwemmten Korallenstücken gelegt, sind über moosige Felsplatten geklettert und haben aneinandergekuschelt unter den schattigen Blättern eines alten Mangobaumes gedöst. Die letzten Minuten bis wir zum Highlight unseres Tages aufbrechen müssen, reichen gerade noch für einen Kuss. Dann müssen wir los. Unser Fahrer wartet schon in der Lobby auf uns. Er ist bestimmt schon 65 Jahre alt, aber sein inneres Glühen ist so warm und herzlich, dass es mich vom ersten Moment ergreift. Wir haben sofort eine besondere Verbindung zueinander. Auf unserem Weg erzählt er mir von den alten Geheimnissen Balis und seinen vergessenen Traditionen. Er erzählt mir von der Zwischenwelt, an die seine Generation noch glaubt und von den Geschichten, die seine Mutter ihm als Kind erzählt hat. Von Geistern, die sich in den Wäldern verstecken. Von Blumenopfern und Hahnenkämpfen. Und er erzählt mir von den Problemen, die der westliche Einfluss für seine Insel mit sich bringt. Dass es ohne die Subventionen von Indonesien schon lange keine Reis-Terassen für die Touristen mehr geben würde und dass seine Enkelkinder an Diabetes erkranken, weil ihre Körper nicht mit der Umstellung auf die süße und fettige Nahrung zurechtkommen, die prestigeträchtige neuen Ketten wie Mc Donald's und Co. mit sich bringen. Fast hätte ich seine Frage, ob wir auch Kinder haben möchten, überhört, weil ich mich gerade daran erinnert habe, wie ich auch vor einiger Zeit noch Angst hatte wegen meiner Bulimie an Diabetes zu erkranken. Aber natürlich, wir möchten auch Kinder haben. Unbedingt sogar. Mindestens zwei. Und wir möchten junge Eltern werden, da sind wir uns einig. Der Alte erzählt mir, dass man hier auf Bali vier Kinder haben sollte und dass die Paare im nächsten Leben von Shiva bestraft werden, die sich dazu entschließen, keine zu bekommen. Die Frauen müssen dann eine Raupe säugen und die Männer die Schweine füttern.

Ich könnte mich noch die ganze Nacht mit ihm unterhalten, aber wir sind da.

Kecak, der Feuertanz erwartet uns.

Vor der Kulisse eines verwitternden Tempels sitzen etwa hundert Männer in ihrem schwarz-weiß kariertem Lendenschurz konzentrisch um den kleinen Platz, der ihnen als Bühne für ihr Schauspiel dient. Sie verkörpern das Affenheer im vorgeführten Epos Ramayana. Ihre Hände sind dem Himmel zitternd entgegen gestreckt und laut rufen sie immer wieder *Kecak Kecak Cak-a-Cak*. In schnellem Tempo und mit schnalzenden Zungen singen sie sich in Trance und reißen uns mit in ihre Geschichte aus Liebe, Intrigen und Verbannung. Sie erzählt uns vom Prinzen Rama, der auszieht, um Dämonen zu töten. Und sie zeigt uns wie Rama barfuß auf seinem Strohpferd über brennende Kokosschalen reitet. Die lodernden Flammen stecken das trockene Stroh in Brand und hüllen seinen ganzen Körper in glühende Funken. Sie drohen ihn zu verschlingen und nicht mehr als Staub und Asche von ihm übrig zu lassen, aber nichts kann ihn aufhalten. Nichts kann ihn daran hindern, seine geliebte Frau Sita aus den Fängen des Dämonen Ravana zu befreien. Niemals würde er aufgeben, mögen die Umstände auch noch so widrig sein. Und seine Chancen aussichtslos. Aufgeben liegt nicht in seiner Natur.

Der nächste Schritt

So schön wie der Sommer auf Bali angefangen hat, geht er auch zu Hause weiter. Wir fahren fast jeden Tag mit dem Roller an den See, lassen uns sonnen und lesen Zeitschriften. Zehenspitzen tauchen ein in kaltes Wasser und es kühlt meine glühende Haut. Wenn ich meine nassen Haare in den Nacken werfe, brechen Tausend kleine Wassertropfen für den Bruchteil einer Sekunde einen Regenbogen über mich. Ein Zeichen des Friedens zwischen mir und meiner Seele. Moskitos naschen mein Blut und ich nasche spätsommerliche Brombeeren, die wild an jedem Wegrand wuchern. Wenn sie sauer sind, kräuselt sich meine Nasenspitze genau so wie zuvor der Wind die Wasseroberfläche des Sees.

Als der Herbst kommt, gehen wir in den Park und beobachten die Kinder, wie sie ihre Drachen steigen lassen. Mit wehenden Schwänzen kämpfen sie im Wind um den nächsten Platz an der Sonne. Wären sie wie in meiner Kindheit noch aus Balserholz, Seidenpapier und Wachs gebastelt hätte ich Angst, dass sie der Sonne zu nahe kommen. Ich möchte sie warnen, dass sie sich die Flügel verbrennen könnten wie einst der übermütige Ikarus. Aber die moderne Welt hat schon die ganz Kleinen gelehrt, dass sie keine Angst mehr haben müssen, wenn der Mut sie in die Höhen treibt.

Die ersten Schneeflocken fallen leise. Glitzernde Eisblumen. Nur solange sie wirbeln, werden sie gesehen. Sobald sie auf dem Boden landen, schmelzen sie dahin. Es ist noch zu warm – zu früh für sie. Aber nicht mehr lange. Viele werden fallen, bevor eine zarte Schneedecke uns bitterkalt bezeugt, dass auch dieses Jahr sein Ende nehmen wird. Draußen ist es frostig und wir kuscheln uns mit einer warmen Decke vor den Fernseher. Würde ich Gelatine essen, dann würde ich jetzt mit einem kleinen Plätzchen-Ausstecher ein Herz aus einem weißen Marshmallow stechen und es in eine große Tasse heiße Schokolade werfen. Draußen prescht der Wind garstig gegen die Fenster. Er zischt und tobt und wenn wir nicht die Luft zum Atmen bräuchten, so würden wir ihn ganz aussperren.

»Was brauchen wir noch zum Glücklichsein?« Bens Worte klingen warm und weich.

»Sind wir nicht schon glücklich?« frage ich.

Und dann streichen seine Hände sanft über meinen Bauch. Als wollten sie sagen, dass sie doch noch ein bisschen mehr brauchen, um ganz glücklich zu sein.

»Lass uns eine kleine Jenny machen oder einen kleinen Ben. Oder beides.«

Da muss ich lachen.

»Beides gleich? Das ist doch eher etwas für Fortgeschrittene. Fangen wir mit einem an.«

Phase 1 folgt Phase 2

Die Vorstellung, dass Ben und ich bald Eltern werden sollen, macht mich unglaublich glücklich. Ich kann es gar nicht erwarten, endlich schwanger zu werden und dann nach neun Monaten den Zauber eines kleinen Wunders in meinen Armen zu halten. Mit winzigen Patschehändchen, riesigen Kulleraugen und einer kleinen Stupsnase. Es ist so eine schöne Zeit. Voller Erwartungen und voller Hoffnung. Ich liebe es auf Babyblogs zu surfen oder mir mit Ben im Möbelhaus Kinderzimmer anzusehen und Kinderwägen auf ihre Racing-Tauglichkeit zu testen.

Aber die Vorstellung, bald kiloweise zuzunehmen, macht mir dagegen einfach nur Angst. Ich esse zwar schon mehr und gesünder als noch vor einiger Zeit, aber auf eine verdrehte Art und Weise mag ich meine »Essstörung«. Es fällt mir schwer, sie als richtige Krankheit anzusehen. Schon so viele Jahre gehört sie zu mir und ich kann sie nicht einfach loslassen. Auch wenn ich mir Mühe gebe. Ich habe mir aber geschworen, meinem Kind in der Schwangerschaft die besten Voraussetzungen zu bieten, die es nur haben kann. Ich bin mir meiner Verantwortung bewusst und ich würde die Gesundheit meines Babys niemals gefährden.

Ben regt sich allerdings jetzt schon darüber auf, wenn ich nur Süßstoff nehme. »Der ist total ungesund und abnehmen kann man davon auch nicht, falls du das denkst«, sagt er. »Süßstoff hält deinen Insulinspiegel oben und dann werden alle Kalorien erst recht in Fett umgewandelt. Lass es lieber, er ist genauso schlecht wie das ganz andere Diätzeugs auch.«

Mag sein, dass er Recht hat, aber ich trinke meine Kaffee trotzdem lieber so als mit Zucker. Soll das Insulin erst mal ein paar Kalorien in mir finden, die es mir auf die Hüften zementieren kann. Und solange ich noch nicht schwanger bin, ist es ganz allein mein Körper. Ich entscheide, was gut für ihn ist und was nicht. Ich habe mir nichts vorzuwerfen. Mag sein, dass ich ab und zu mal ein Glas Wein zu viel trinke oder ich mich ungesund ernähre, aber sobald ich meinen Eisprung hatte, beginnt Phase 2. Ab diesem Zeitpunkt verhalte ich mich so vorbildlich, dass selbst Mutter Theresa neben mir erröten würde:

Kein Süßstoff.

Kein Alkohol.

Keine Diät.

Keine Tabletten.

Keine Ausrutscher.

Es gibt Vollkornbrot und Gemüse. Obst, Nudeln und Käse. Gesunde Sachen und sogar Schokolade. Ich frühstücke, esse mittags und esse abends. Ohne Ausnahme. Ich ernähre mich ausgewogen und schlucke jeden Tag meine Folsäuretabletten. Ich schlucke sie, obwohl sie mit Fischöl hergestellt werden und ich sie unter normalen Umständen mit dem kleinen Finger nicht anrühren würde. Aber ich tue alles für mein Kind. So lange, bis der Tag kommt, an dem ich die blutrote Nachricht meiner Periode erhalte, dass alle meine Bemühungen umsonst waren. Wieder einmal.

Am Anfang konnte ich gar nicht glauben, dass mich mein Körper total ausgetrickst hat. Ich hätte schwören können, dass ich schwanger bin. Meine Brüste haben angefangen zu spannen und sind innerhalb von zwei Wochen unglaublich gewachsen. Sieben Monate hat es gedauert, bis ich endlich kapiert habe, dass es kein Zeichen für eine Schwangerschaft ist. Es liegt einfach nur daran, dass ich jeden Monat nach der Umstellung von Phase 1 auf Phase 2 ganz schnell von 46 Kilo auf 48 Kilo hochgeschossen bin. 48 Kilo – das ist schon fast Normalgewicht und es fühlt sich schrecklich an. Wenn ich mich im Spiegel sehe, fühle ich mich so unwohl, dass ich in Phase 1 die Kilos genauso schnell wieder herunter hungere, wie ich sie in den Tagen zuvor zugenommen habe.

Und die Tatsache, dass ich es bis jetzt noch nicht geschafft habe schwanger zu werden, ändern auch die ganzen Schwangerschaftstest nichts, die ich jedes Mal mache, wenn ich es einfach nicht wahrhaben will. Wenn ich die Hoffnung einfach nicht aufgeben will, dass es vielleicht doch geklappt hat.

Kopulationsgewohnheiten

Wenn sich Menschen genauso schnell vermehren könnten, wie Gerüchte über eine mögliche Schwangerschaft, dann würde die Erde schon längst aus allen Nähten platzen. Da reicht es schon, die Apothekenzeitschrift mit dem blauäugigen Baby auf dem Titelfoto herumliegen zu lassen und die liebe Verwandtschaft beginnt sofort, sich verzückt als Babysitter anzupreisen. Wenn es nur so einfach wäre. Ich versuche, ein bisschen gelassener zu werden und mich nicht mehr so sehr an meinem Wunsch, so schnell wie möglich schwanger zu werden, festzubeißen. Ich gebe mir alle Mühe, die spannende Zeit zu genießen, die wir gerade haben. Aber mit jedem neuen Zyklus fällt es mir schwerer. Mit jedem Mal wird meine Enttäuschung größer. Nach dem katastrophalen Termin bei Dr. Falkner war ich jahrelang nicht beim Gynäkologen. Die Angst, dass ich keine Kinder bekommen könnte, macht mich fertig und die Vorstellung, dass ich wegen meines Essverhaltens auch noch selbst daran schuld sein könnte, ist unerträglich. Ich muss wissen, was mit mir los ist. Ich brauche Gewissheit. Nächste Woche habe ich einen Termin bei einer Frauenärztin in Augsburg.

Es gibt so viele unterschiedliche Faktoren, die bei einer erfolgreichen Befruchtung perfekt zusammenspielen. So viele kleine Rädchen, die reibungslos ineinander greifen müssen, und so viele unterschiedliche Störfaktoren, die erst einmal gefunden werden wollen. Wenn man weiß, woran es liegt, kann man seinem Glück oft auf die Sprünge helfen. Ich bete um einen dieser kleinen Fehler, die man ausradieren kann wie einen falsch gesetzten Bleistiftstrich. Vielleicht ist der PH-Wert nicht ganz optimal oder die Hormone reichen nicht ganz aus. Oder man erwischt aufs Biegen und Brechen einfach nicht den richtigen Zeitpunkt. Wobei ich mir nicht vorstellen kann, dass wir meinen Eisprung irgendwie verpassen könnten. Unser Netz aus produktionsorientiertem Sex ist so eng gestrickt wie ein Tuch.

Frauen, die schnell in Stimmung kommen, haben den Jackpot geknackt. Beim Kinderkriegen haben sie einen eklatanten Vorteil und sind beneidenswert. Müsste ich am Anfang meines Lebens bei der Vergabe der Charaktereigenschaften ein Laster wählen, wäre es ganz bestimmt die Hypersexualität. Sex funktioniert auch ohne Liebe, aber anders herum wird es da schon schwieriger.

Mit hartem Sex kann ich besser umgehen. Er ist weniger falsch. Ich kann entweder kuscheln oder gefickt werden. Beides zusammen fällt mir schwer.

Ich bevorzuge schnellen Sex. Dort, wo ich die Gefahr spüren kann. Und mir ist alles recht, um zu vergessen, dass ich gerade gevögelt werde. Wenn wir uns für einen Quickie auf das alte Bahngelände in der Schertlinstraße schleichen, lenkt mich die Angst vom Lastenkran zu stürzen davon ab, was ich eigentlich gerade tue. Und wenn wir für eine schnelle Nummer in die unzähligen Rohbauten des Neubaugebietes hinter dem Friedhof einbrechen, muss ich mich wenigstens nicht ganz ausziehen.

In meinem Kopf haben sich Sex und Gewalt zu einer Einheit verbunden wie Zwei-Komponenten-Kleber. Blöd nur, dass Ben das nicht weiß.

Oder besser so?

Keine Ahnung.

Jedes Vorspiel ist ein Vorspiel.

Wenn ich die Zärtlichkeiten auf meiner Haut nicht ertragen kann, solange ich weiß, dass ich mit meinem Körper dafür bezahlen werde, muss ich erfinderisch sein.

In unserem Schlafzimmer steht jetzt eine X-Pole.

Wie die routinierteste Stripperin schwinge ich mich lasziv zum düsteren Soundtrack von Sucker Punch um meine Stange. Mit gespreizten Schenkeln schwinge ich meine Beine über meinen Kopf, um mich dann langsam am glänzenden Edelstahl bis zum Boden gleiten zu lassen. Meine Bewegungen sind verführerisch und meine Blicke versprechen mehr.

Schummriges Licht.

Tiefe Bässe.

Anfassen verboten.

Bei den Professionellen ist es auch nicht anders. Nur dass ich mich mit Liebe bezahlen lasse und nicht mit Geld.

Wenn der Deal steht, geht es los.

Die Kunst der Verführung kann man lernen wie ein Handwerk. Und wenn es soweit ist, muss man es nur ausführen.

Glück kann man nicht kaufen

Fast andächtig betrachte ich die kleine Phiole in meinen Händen. In ihr befinden sich neben winzigen Silberfolieplättchen, in Streifen geschnittenem Stanniol und bunten Wachsbrocken auch zwei kleine Metallausstanzungen, die flach geprägt und nicht höher sind als ein Fingerhut. Auf den ersten Blick könnte man meinen, es handelt sich um ein Kinderspielzeug, so kitschig und farbenfroh wie ein Barbieschminkset. Aber eben nur auf den ersten Blick. Denn das eine Symbol, das neben dem ganzen bunten Beiwerk in der klaren Flüssigkeit schwimmt, stellt ein eng umschlungenes Liebespaar dar, welches gerade dabei ist, den Geschlechtsakt zu vollziehen. Das zweite verkörpert einen steigenden Stier mit einem imposanten Penis.

»Und das hilft?« frage ich.

Dominik zuckt mit den Schultern.

»Ich hätte dir auch einen mumifizierten Lamafötus mitbringen können, den wir dann Mutter Erde bei Vollmond als Brandopfer darbieten. Aber ich dachte, du versuchst es damit.«

Der Hexenmarkt in La Paz hat für jedes Schicksal einen Zauber. Betörende Liebestränke, die die Angebetete in einen unwiderstehlichen Bann ziehen sollen, oder Armbänder aus exotischen Pflanzensamen gegen den bösen Blick. Teufelstropfen gegen trunksüchtige Ehemänner und Seifen, die den Segen der sieben Erzengel versprechen. Wer hier her kommt, sucht mehr als nur einen guten Rat.

Pure Magie, wenn man daran glauben will.

Falscher Glitzer, wenn man es nicht tut.

Dominik hatte mir versprochen, in seinem Bolivienurlaub für mich auf dem Hexenmarkt vorbeizuschauen. Und jetzt zupft er die verfilzten Fäden zurecht, die um den Hals der kleinen Flasche geschlungen sind.

»Pass auf, dass sie sich nicht verheddern, sonst funktioniert es nicht.« Dann packt er alles in ein gemustertes Stofftäschchen und legt es unter mein Kopfkissen.

Hoffentlich lande ich für so viel Hokuspokus nicht in der Hölle.

Es ist ein großes altes Stadthaus mit blauer Fassade und großen weißen Fensterläden. Auf dem Schild über der Klingel steht Gemeinschaftspraxis und an den tobenden Kinderfüßen und den winzigen Stühlen im Gang zur Anmeldung kann ich erkennen, dass Frau Dr. Brückner wohl mit einem Kinderarzt zusammenarbeitet. Die Arzthelferin ist freundlich und fragt, ob ich den Patientenfragebogen trotzdem schon mal ausfüllen möchte, auch wenn ich am Telefon gesagt habe, dass ich mir die Ärztin erst mal nur ansehen möchte. Ein gutes Zeichen. Niemand drängt mich. Und weil sie nett ist, beantworte ich kurz ihre Fragen zu meinem Hausarzt, zu Allergien und Vorerkrankungen. Dann schickt sie mich nach oben in den zweiten Stock, wo ich im Wartebereich sitzen bleiben soll. Ich kann das Knirschen jeder einzelnen der alten Stufen, auf die ich vorsichtig zuerst meine Zehenspitze, dann den Rest meines Fußes setze, hören. Als könnten die morschen Bretter unter meiner Last zusammenbrechen. Als könnte das ganze Gebäude zusammenbrechen und uns alle darunter verschütten. Noch nie bin ich eine Treppe so langsam nach oben geschlichen. Eine Herausforderung, als würde ich den Mount Everest besteigen, aber das erleichterte Gefühl und der Stolz, oben auf dem Gipfel zu stehen, bleibt aus. Als mich Dr. Brückner in ihr Behandlungszimmer ruft, mache ich den Eindruck einer verschüchterten 13-Jährigen, die gerade das erste Mal beim Frauenarzt ist. Hätte sie es nicht Schwarz auf Weiß im Patientenblatt vor sich stehen, würde sie mir sicher nicht glauben, dass ich tatsächlich schon doppelt so alt bin. Und wäre meine Stimme nicht so ernst und der Ausdruck in meinen Augen so verzweifelt, würde sie mir auch nicht glauben, dass ich zu ihr komme, weil mein Mann und ich uns ein Kind wünschen und ich Probleme damit habe, schwanger zu werden. Sie ist einfühlsam und verständnisvoll, auch wenn ich ihr ständiges Lächeln in meiner Situation als unangebracht empfinde. Ich will kein Mitleid, aber dieses ständige Grinsen passt einfach nicht. Sie verspricht, mir zu helfen, wenn ich mir helfen lasse. Aber ohne eine Untersuchung kann sie nichts für mich tun.

Ein paar Minuten später liege ich mit freiem Unterkörper und gespreizten Beinen auf dem gynäkologischen Stuhl, um mehr als nur meine entblößte Vagina zu offenbaren. Der klinische Stab, den sie für den intravaginalen Ultraschall in mich einführt, um sich ein Bild von meiner Gebärmutter zu machen stochert in meinen Eingeweiden. Wie gerne wäre ich jetzt stockbesoffen, um dieses demütigende Gefühl leichter ertragen zu können. Aber es geht vorbei. Dr. Brückner zeigt mir auf dem Bildschirm graue Schleier und beruhigt mich, dass mit meinen Organen alles in Ordnung ist. Sie meint, ich würde mir leichter tun, wenn ich etwas zunehme. Jasmin hat einmal zu mir gesagt: »Wenn du mal ein Kind bekommst, passt es niemals durch dein Becken und sie müssen es dir aus dem Bauch schneiden.« Aber das ist nicht wahr. Zum Abschied wünscht sie mir Geduld. Ein Jahr ist nicht ungewöhnlich, und auch wenn es noch länger dauert, muss das noch nichts heißen. Ich bin noch jung. Ich soll mir keine Sorgen machen.

Ich habe aufgehört, in Phase 1 zu hungern. Ich zwinge mich, normal zu essen, aber solange sich meine Gedanken immer noch um mein Gewicht drehen und ich jedes Gramm mehr auf meinen Rippen nur für einen höheren Zweck akzeptieren kann, weiß ich, dass mein Kopf noch nicht frei ist. Es gibt gute Zeiten, in denen ich nicht an meine Liebe zur Leichtigkeit denke. Es gibt schlechte Zeiten, in denen ich einen schwachen Moment habe, und es gibt Zeiten, in denen ich überhaupt keine Symptome meiner »Krankheit« zeige, sie aber trotzdem einen Platz in meinen Gedanken hat.

Ich habe beschlossen, mich meinem Kinderwunsch zuliebe wie eine ganz normale gesunde Frau zu verhalten, aber niemand kann von mir erwarten, dass ich es gerne tue. Vielleicht irgendwann, aber jetzt noch nicht.

Nach dem Termin bei meiner Frauenärztin habe ich mir Blut für einen Hormontest abnehmen lassen. Sie konnten keine Auffälligkeiten feststellen. Und sogar Ben hat sich nach wochenlangem Betteln doch noch dazu überreden lassen, ein Spermiogramm beim Urologen zu machen. Aber seine Spermien sind ausreichend vorhanden und schnell. Alles in Ordnung. Wir finden keinen Fehler.

Es gibt einfach keinen Grund, warum es nicht klappt, und niemand kann uns helfen.

Langsam habe ich keine Kraft mehr zu kämpfen. Langsam habe ich keine Lust mehr, immer wieder und wieder enttäuscht zu werden. Was gibt es Schlimmeres, als wenn

Träume zerplatzen? Es besteht ein Unterschied darin, ob man aufgibt oder ob man einfach nur genug hat. Ob man einfach nicht mehr kann. Manche Dinge muss man auch nicht verstehen können. Man muss sie akzeptieren. Und wenn Gott nicht auf meine Gebete antwortet, heißt es nicht, dass er sie nicht hört. Vielleicht braucht er einfach noch ein bisschen Zeit, bis er uns unseren Wunsch erfüllen kann. Vielleicht sucht er noch nach dieser ganz besonderen kleinen Seele, die er uns anvertrauen möchte. Diesem ganz besonderen Geschenk.

Hier und jetzt stehen wir. Es ist wieder einmal Silvester.Die Nacht der guten Vorsätze und großen Hoffnungen. Wir wissen nicht, was das neue Jahr uns bringt. Aber wir wissen, dass wir die Hoffnung nie aufgeben werden. Mit einem goldenen Edding schreibe ich auf die Trommel der größten Rakete, die wir finden konnten, in meiner schönsten Schreibschrift *Baby Kella*. Und dann gebe ich sie Ben, der sie draußen in den hohen Schnee steckt und mit einem Streichholz vorsichtig die Zündschnur ansteckt. Während wir uns in den Armen halten, fliegt die *Baby Kella* hoch zu den Sternen. Sie explodiert in tief schwarzer Nacht mit ihren unzähligen leuchtenden Funken, die wie kleine Sternschnuppen ihren Schweif hinter sich herziehen. Tausende Sternschnuppen für nur einen Wunsch. Unseren Wunsch. Wir geben die Verantwortung für ihn an den Himmel ab. Wir legen all unsere Liebe hinein und wir bitten so sehr darum, dass er erhört wird.

Das letzte kleine Stück,
dass uns noch fehlt zum Glück.

CPSIA information can be obtained at www.ICGtesting.com
Printed in the USA
BVOW040959220512

290817BV00002B/2/P

9 783844 813692